AF502261

C'est un funeste présent du ciel qu'une âme sensible ; celui qui l'a reçue doit s'attendre à n'avoir que peine et douleur sur la terre : vil jouet de l'air et des saisons, le soleil ou le brouillard, l'air couvert ou serein règleront sa destinée ; et il sera content ou triste au gré des vents : victime des préjugés, il trouvera dans d'absurdes maximes un obstacle invincible aux justes vœux de son cœur ; les hommes le puniront d'avoir des sentimens droits de chaque chose, et d'en juger par ce qui est véritable plutôt que par ce qui est de convention : seul il suffirait pour faire sa propre misère en se livrant indiscrètement aux attraits divins de l'honnête et du beau ; tandis que les pesantes chaînes de la nécessité l'attachent à l'ignominie, il cherchera la félicité suprême sans se souvenir qu'il est homme ; son cœur et sa raison seront incessamment en guerre, et des désirs sans bornes lui prépareront d'éternelles privations. (J.-J. Rousseau.)

Une fois pour toutes, le lecteur est averti que je m'enorgueillis lorsque, sans m'en douter, je me rencontre avec un écrivain de renom. Il me dira peut-être que c'est une drôle de manière de réfuter le plagiat : là-dessus je suis de son avis.

L'AME D'UN PLÉBÉIEN.

L'AME
D'UN PLÉBÉIEN,
OU
La Coupe de Fiel et de Miel.

PAR PATRAUD.

Paris.

IMPRIMERIE LE NORMANT, RUE DE SEINE, 8.

—

1838.

Avis.

Air du Départ.

D'un enfant du hameau
Ma muse a le langage,
Et son faible pinceau
N'est bon qu'à mon usage.
Ainsi, docte censeur,
Esprit sublime ou sage,
Roi, philosophe, auteur, *bis.*
Ne tournez pas la page.

Cafards audacieux,
Orateurs de tribune,
Intrigans soucieux,
Ame vile et commune;
Parasite à la cour,
Impudent au village,
Amoureux sans amour,
Ne tournez pas la page.

L'estime et l'amitié,
L'amour et la nature,
Ouvriront à moitié
Ce recueil sans parure.
De leur sensible cœur
S'ils rencontrent l'image,
Peut-être avec ardeur
Ils tourneront la page.

Vous, de la vérité
L'organe et l'interprète,
Et de l'humanité
La main ferme et secrète,
Daignez, de temps en temps,
En tous lieux, à tout âge,
Peser mes sentimens
A la fin de la page.

A MONSIEUR

LE MARQUIS DE JOUFFROY,

Rédacteur en chef du journal *l'Europe*.

MONSIEUR,

Avant de vous remercier de la bonté que vous avez eue de faire briller mon nom dans votre estimable Journal, permettez-moi de vous donner un aperçu de ma manière de penser et d'agir. Lorsqu'il me tombe un livre sous la main, *ancien* ou *nouveau*, n'importe, je me dis à part moi : Voyons à quoi il peut être utile et bon au genre humain ; après l'avoir parcouru, il m'arrive presque toujours de m'écrier :

« Tant qu'on apprécîra La Fontaine et Rousseau,
« Modernes écrivains, brisez votre pinceau ;
« Car si ces grands esprits n'ont pu nous rendre sages,
« Auteurs vains, orgueilleux, à quoi bon vos ouvrages ?
« Enfanteront-ils mieux un *Émile*, un *Contrat*,
« Une Montagne, un Loup, une Grenouille, un Rat ?
« Répondez, avortons, que rien ne vous déroute...
« Mais songez qu'avec nous l'Univers vous écoute. »

Après de tels aveux, on sent que mes écrits
Ne paraîtront jamais qu'aux yeux de mes amis.

Telle a été et telle est jusqu'à présent ma manière de voir et d'agir. Si parfois je prends la plume, ce n'est seulement que pour épancher mon cœur ou chercher à en expulser le fiel dont l'abreuve par instant l'espèce humaine... Car souvent, Monsieur, je suis misanthrope; je crois n'apercevoir sur la terre que trois vertus en honneur chez le genre humain, et le nom de ces trois vertus théologales, c'est de l'or, de l'or, et toujours de l'or.....

Pour l'instant, je ne vous en dirai pas davantage, sinon que je ne sais aucune langue, pas même la mienne, comme il vous est facile de vous en apercevoir; je ne connais qu'un seul jargon, *celui du sentiment;* s'il vous est familier, et qu'il vous plaise d'en faire usage avec moi, ce sera toujours avec un sensible plaisir que je recevrai vos avis en tâchant d'y répondre.

Vous pouvez faire de cette lettre ce que bon vous semblera, seulement le cas que vous en ferez vous fera juger de celui qui a l'honneur de vous présenter ici son barbouillage.

PATRAUD.

4

Le Grison,

Dédié à M. le marquis de Jouffroy, rédacteur en chef du journal *l'Europe*.

Air de la Grisette.

Sans que j'apostrophe,
Je vois ici-bas,
Ah! ah!
Plus d'un philosophe
Qui ne me vaut pas. } *Refrain.*

Malgré ma tournure
Et mon air boudeur,
J'ai sur la figure
Un trait de grandeur.

Sans que j'apostrophe, etc.

Voyant sur la terre
Gérer son prochain,
Ma muse en colère
Chante au genre humain :

Sans que j'apostrophe, etc.

A voix doctorale,
Plus d'un orateur
Prêche la morale,
Et vit sans honneur.

Sans que j'apostrophe, etc.

Narguant la manie
Du docte écrivain,
Mon faible génie
Ne tend pas la main.

Sans que j'apostrophe, etc.

Fils de la nature,
Je me plais aux champs,
Et sur la verdure
Je fuis les méchans.

Sans que j'apostrophe, etc.

Si, de l'opulence
Je suis éconduit,
L'honnête indigence
Bénit mon réduit.

Sans que j'apostrophe,
Je vois ici-bas,
Ah! ah!

Plus d'un philosophe
Qui ne me vaut pas.

Comme vous voyez, Monsieur le marquis, je ne suis pas modeste... Que voulez-vous? ce n'est pas ma faute, mais bien la faute de nos philosophes du jour : comme vous n'en êtes pas un, vous, Monsieur le marquis, du moins je ne le présume pas, votre *équité*, votre *honneur* étaleront sans doute sur votre prochain numéro votre profession de foi en regard de la mienne, afin de montrer à vos nobles auditeurs que si nous différons tous les deux de génie, de titres, de parchemin, nous nous ressemblons un peu par le cœur; et qu'après tout, c'est tout ce qu'on peut exiger de ce bon peuple qu'on nomme français... Espérons au moins que nous leur servirons d'exemple. C'est dans cette douce espérance, Monsieur le marquis, que je vous prie d'agréer la dédicace de mon *Grison*, et comptez d'avance sur l'éternelle reconnaissance de celui qui a l'honneur d'être,

Monsieur le marquis,

Votre enthousiaste admirateur,

PATRAUD,
Chef à la grande cuisine (Invalides).

MES VOEUX.

Air : Amis, voilà ce que c'est qu'un Français.

Dans un champêtre et simple asile,
Au sommet d'un riant coteau,
Où ma vue ardente et mobile
Planerait aux champs, au hameau;
Là, que ne puis-je, exempt d'inquiétude,
Près mes parens et mes amis joyeux,
Passer ma vie en cette solitude! *bis.*
Amis, voilà le premier de mes vœux. *ter.*

Un verger entouré d'épines,
De noisetiers et de lilas,
De ses fruits et de ses racines
Alimenterait mes repas.
De branche en branche et de cep en verdure,
S'escrimeraient et ma bouche et mes yeux;
Et le froment soutiendrait ma pâture.
Voilà sans fard encore un de mes vœux.

La génisse, aussi la couveuse,
Sauraient pourvoir à mes festins,
Et parfois sous ma main nerveuse
Succomberaient lièvres, lapins :
Un aloyau, les dimanches, les fêtes,
Serait admis dans mes rangs savoureux;
Et le bon vin grossirait mes conquêtes.
Voilà sans fard encore un de mes vœux.

Des Nestors de mon voisinage
Je consulterais les avis;
Et le plus noble et le plus sage
Présiderait sur mes amis.
Avec plaisir, ou bien par habitude,
Entre l'amour, la nature et les jeux,
Je passerais du travail à l'étude.
Voilà sans fard encore un de mes vœux.

Les baisers d'une aimable amie
M'éveilleraient chaque matin,
Et la nuit, mon âme ravie
Se reposerait sur son sein...
Non sans avoir du Dieu de la lumière
Remercié les bienfaits généreux :
Nos cœurs unis feraient notre prière.
Voilà sans fard encore un de mes vœux.

Lorsqu'enfin les douleurs, les fièvres
M'enchaîneraient sur mon chevet,

Et lorsque la mort sur mes lèvres
Imprimerait son noir cachet...
En terminant ma paisible carrière,
J'embrasserais mes amis vertueux,
Qui tour à tour fermeraient ma paupière.
Amis, voilà le terme de mes vœux.

SANS PLAISANTER.

Dédié à M. Dupin, membre de la Chambre des Députés.

Air .

Que notre siècle est admirable,
Vraiment c'est un siècle charmant !
Chacun le juge incomparable
Pour la grandeur, le sentiment :
C'est l'âge d'or en évidence,
L'histoire osera l'attester
A nos neveux, en confidence,
Sans plaisanter.

Jamais il n'éclot un orage
Sous son ciel d'azur et serein;
En chœur les oiseaux du bocage
Célèbrent son air doux et sain.
Ses fleurs, ses fruits et sa verdure
N'offrent rien qui puisse attrister;
Car le tout y croît sans culture,
Sans plaisanter.

1*

L'Amour, l'Estime et l'Innocence
Se tiennent toujours par la main;
L'Amitié, la Paix, l'Indulgence
Les rencontrent sur leur chemin.
Abjurant la cérémonie,
Le Bonheur, sans plus hésiter,
Daigne augmenter leur compagnie,
Sans plaisanter.

Un artisan ou mercenaire,
Honnête homme et laborieux,
N'a pas à craindre la misère
Ni le mépris des glorieux.
Sitôt qu'il atteint la vieillesse,
Il n'a plus rien à souhaiter.
L'État le fête et le caresse,
Sans plaisanter.

Non loin des rives de la Seine,
L'étranger admire, en passant,
La crèche où, cinq fois la semaine,
L'éloquence enfante un géant
Tout prêt à foudroyer le vice,
S'il venait là pour insulter
L'honneur, l'union, la justice,
Sans plaisanter.

Dans le temple de l'harmonie,
Les riches et nouveaux auteurs,

Par leurs vertus, par leur génie
Convertissent leurs auditeurs.
Après eux, Rousseau, La Fontaine,
Vainement oserait chanter;
Ils seraient des Croque-Mitaine...
Sans plaisanter.

Partout des visirs débonnaires
N'enfantent que de saintes lois,
Et leurs doctrines salutaires
Rapprochent les peuples des rois.
Aussi, l'écho de la louange
Ne cesse de leur répéter :
Que chacun d'eux est plus qu'un ange,
Sans plaisanter.

O France! ô ma chère patrie!
Qu'il est doux de vivre en ton sein!
On ne craint pas la flatterie
Ni le poignard d'un assassin :
Le plus auguste des monarques
N'a rien chez nous à redouter,
Pas même l'approche des Parques...
Sans plaisanter.

Les femmes chez nous sont fidèles,
Chez nous les hommes sont constans;
Les colombes, les tourterelles
Servent de miroir aux amans.

Le caprice et la jalousie
Se gardent de nous tourmenter :
Nous ne vivons que d'ambroisie !
Sans plaisanter.

Sous l'égide de la Sagesse
Est rangé tout le genre humain ;
Chacun savoure l'allégresse,
Sans appréhender son prochain...
Enfin, pour parler sans mystère,
Le monde entier peut se flatter
De n'avoir qu'un seul caractère,
Sans plaisanter.

Pas Un sur Cent.

Air : J'ai su mourir !

De siècle en siècle, et d'empire en empire,
Certaine folle ose encor nous prouver
Que ç'a toujours été de mal en pire,
Que l'âge d'or ne saurait se trouver.
En tout pays on a pu voir, peut-être,
Punir le crime et vivre en l'abhorrant...
Mais l'empêcher un seul instant de naître,
Pas un sur cent.

De tous côtés l'on parle de tendresse,
A chaque étage on parle de bonheur !
Chacun se plaît à vanter sa noblesse,
Chacun s'efforce à prouver son honneur !
Oui, tour à tour on est irrécusable,
Et le Crésus gémit sur l'indigent ;
Mais un ami comme le peint la fable...
Pas un sur cent.

Que d'instituts! que d'immenses colléges!
Que d'écrivains! que de prédicateurs!
Que de palais! que de brillans cortéges!
Que de guerriers! que de législateurs!...
Tous les États en fourmillent, sans doute;
Mais un vrai sage, où le trouver céant?
J'ai beau chercher, regarder sur ma route...
Pas un sur cent.

Sur le chemin du temple de Cythère,
Combien j'ai vu de froids adulateurs,
En récitant l'art d'aimer et de plaire,
De Vénus même obtenir des faveurs!
Quoiqu'étant fou, plus d'un passait pour sage;
On le traitait comme un sensible amant:
Mais un Saint-Preux, ou du moins son image...
Pas un sur cent.

Si j'examine artisans, mercenaires,
Maîtres, valets, marchands, *et cætera;*
Si je contemple époux, pères et mères
Dans leur ménage, ou partout l'on voudra,
J'y vois parfois un peu de confiance,
Un peu d'accord, un peu de sentiment...
Mais sympathie, union, jouissance,
Pas un sur cent.

L'AVEUGLE.

Air : C'est le gros Thomas, etc.

C'est un beau présent
Que nous fait la dame nature,
En nous fabriquant,
D'incruster en notre figure
Deux brillans flambeaux,
Pour voir nos égaux,
Et nous tirer de l'esclavage
Où l'erreur souvent nous engage.
Ah ! qu'on est heureux
D'avoir de bons yeux !

L'homme, à son printemps,
A les passions pour maîtresses ;
Et sur ses vieux ans,
Il est dupe de leurs caresses ;
A moins qu'un regard
Amoureux, sans fard,
Jeté sur une aimable amie,
Lui fasse encore aimer la vie.
Ah ! etc.

Mon goût, à douze ans,
Sans mentir, était la lecture,
Et, né sans talens,
Je me plaisais à leur culture;
Les grands écrivains
Illustraient mes mains :
Au moins quatre fois la semaine,
Je lisais Rousseau, La Fontaine.
Ah! etc.

Des nouveaux savans
Je pesais la philosophie,
Sous leurs traits piquans
Succombait la misanthropie :
Leurs tendres discours
Epuraient les amours;
La sagesse, aussi l'innocence,
Se plaisaient à leur éloquence.
Ah! etc.

L'amabilité
Sans doute avait pour moi des charmes,
Et la volupté
Souvent m'a fait verser des larmes.
Dans un certain bois,
Près d'un beau minois,
Imitant notre premier père,
Je goûtai le fruit du mystère...
Ah! etc.

Des vils courtisans
J'abhorrais partout les courbettes,
Et des intrigans
Je brisais aussi les lorgnettes;
Au coin de mon feu,
En voyant leur jeu,
Ou plutôt leur conduite infâme,
Je m'écriais du fond de l'âme :
Ah! etc.

D'un peuple éclairé
J'admirais chez nous l'industrie;
Au plus haut degré
S'élevait ma belle patrie!
Monarque et sujets
Etaient satisfaits :
En tous lieux je voyais en France
Régner la paix et l'abondance.
Ah! etc.

Sentez mes chagrins,
Il n'est plus pour moi d'allégresse;
Car tous les humains
A mes yeux sont dans la tristesse.
Un épais brouillard
Me rend Colin-Maillard.
Vous qui plaignez mon infortune,
Répétez en chaire et tribune :
Ah! qu'on est heureux! etc.

Le Nouveau Midas.

Dédié aux sommités littéraires du jour.

Air :

Nous entendons à nos oreilles
Des esprits forts criant partout :
Depuis cent ans, que de merveilles!
Que de talens et quel bon goût!...
Sans disputer sur ces matières,
Nous répliquons ces impromptus :
« Si c'est le siècle des lumières,
« Il n'est pas celui des vertus. »

Sans être par trop misanthrope,
On distingue à peine un humain,
Même à travers un microscope,
Qui daigne estimer son prochain ;
Aussi les mœurs, sous leurs bannières,
Comptent partout fort peu d'élus.
Si c'est le siècle des lumières,
Il n'est pas celui des vertus.

Aujourd'hui, dans chaque collége,
Rhéteurs, enfin, qu'enseignez-vous?
Serait-ce, hélas! le sacrilége
Et la science des filous?
Tous vos disciples en prières
Ressemblent à des Belzébuts...
Si c'est le siècle des lumières,
Il n'est pas celui des vertus.

Des mains feuilletant l'Évangile,
Des yeux convoitant un trésor,
Nos bons pasteurs, d'un pas agile,
Vont se prosterner... devant l'or;
Mais l'humble habitant des chaumières
N'a nul droit à leurs *Oremus*.
Si c'est le siècle des lumières,
Il n'est pas celui des vertus.

Le marchand, la femme publique,
Le courtisan, le magistrat,
Dans leur palais, dans leur boutique,
Fixent l'honneur d'un œil ingrat...
A leurs pensers, à leurs manières,
Les vrais sages sont les Plutus.
Si c'est le siècle des lumières,
Il n'est pas celui des vertus.

A-t-on vu moins de suicides
Depuis que rien n'est adoré?

Vit-on jamais tant d'homicides
Que dans ce grand siècle éclairé?
Souvent, par des mains meurtrières,
Nos fêtes changent d'attributs.
Si c'est le siècle des lumières,
Il n'est pas celui des vertus.

Grands orateurs, divins génies,
O vous dont l'éloquente voix
Sert d'interprète aux harmonies
Et de balance à nos lois;
Sur des lyres incendiaires
Que vos doigts ne s'exercent plus,
Ou le grand siècle des lumières,
De l'univers doit être exclus!

UN MOMENT.

Air : Laisse-moi ton portrait.

Que penses-tu, dis-moi, je t'en supplie,
De ma conduite et de ma sotte humeur?
Peut-être, hélas! à chacun tu publie
Qu'on ne voit rien d'aussi froid que mon cœur.....
Pour le juger, souffre qu'en ta présence
Je le dépose à tes pieds seulement;
Et, pour sonder à fond mon ignorance,
Lis mes vers un moment.

Te voir, t'aimer sans pouvoir te le dire...
Est-il un sort plus triste que le mien?
Tes doux baisers, ton aimable sourire
Sont concentrés dans ton sacré lien.
Si d'être aimé je n'ai pas l'espérance,
Ah! par pitié, gémis sur mon tourment...
De mon amour, pour sentir la souffrance,
Lis mes vers un moment.

Rappelle-toi, depuis un demi-lustre
Que tu me tiens enchaîné dans tes fers,
Si tu m'as vu, comme ferait un rustre,
Te compromettre en ma prose, en mes vers.
Non, ne crains pas pareille inconséquence;
Si je t'adore, au moins c'est noblement!
Si tu doutais de ce qu'ici j'avance,
Lis mes vers un moment.

Combien de fois, passant sous ta fenêtre,
Mon œil humide osa chercher tes yeux!
Si par hasard tu venais à paraître,
Soudain l'amour m'embrasait de ses feux.
Je t'adorais, mais toujours en silence;
Le papier seul était mon confident:
Pour te convaincre encor de sa prudence,
Lis mes vers un moment.

Lorsque de loin mes yeux suivent tes traces,
Les tiens vers moi daignent se retourner.
En admirant ta tournure et tes grâces,
J'ose me dire : Elle paraît m'aimer!...
S'il était vrai, Dieu! quelle jouissance
Enivrerait le cœur de ton amant!
Si je m'abuse... avant que ta vengeance.....
Lis mes vers un moment.

Si de la mort déployant la bannière,
Un souvenir malgré toi t'accablait...

Et si ta vue, en fixant une pierre,
Sans y songer tout à coup se troublait...
Sur mon tombeau, si la faible indulgence
Avait enfin tracé mon dernier chant...
Pour te prouver où cessa ma constance,
Lis mes vers un moment.

Epigramme.

Une Laïs de cinquante ans,
D'un air de pruderie,
Blâmait l'effronterie
Du plus vieux de ses galans
Qui semblait jouer des mains
Sur ce qu'elle nommait ses seins.
Mais d'un ton de bonhomie,
Son Tircis lui dit : « Ma mie,
« Je ne veux pas les toucher,
« Seulement *les cacher.* »

Acrostiche

RÉPÉTÉ PAR LES JEUNES DEMOISELLES DE VILLEJUIF,
A LA DISTRIBUTION DES PRIX.

H élène, ange de paix, daigne ici nous comprendre;
E coute notre cœur, il est sincère et tendre :
L aisse-nous te chérir en toute liberté,
E n jetant sur nos jeux un regard de bonté :
N 'abandonne jamais tes enfans du village,
E t viens une fois l'an couronner la plus sage.

ACROSTICHES.

Digne héritier d'un nom que la France révère,
On te verra sans doute, à l'égal de ton père,
Régir avec sagesse et gouverner sans peur
Le premier des États sur la liste d'honneur,
Enfanter chaque jour de nouvelles merveilles!!!
Applaudir aux vertus en partageant leurs veilles,
Ne vivre qu'en bon père au sein de tes enfans...
Sans adulation, tel sera d'Orléans.

Hors la loi le mortel qui ne saurait t'aimer...
En tout, partout, surtout, oui, tu sais nous charmer!
L'enfant en t'abordant sourit comme à sa mère,
Et le prudent vieillard bénit sa nouvelle ère;
Né pour tout ressentir, le poète avec feux,
Esquissant tes vertus, est enfin vertueux.

L'Espérance.*

Air : Halte-là ! halte-là !

Espérons que la Richesse
Ne sera plus notre Dieu ;
Que nous verrons la Sagesse
Adorée en le saint lieu.
Espérons que la Constance
Se plaira chez les Français,
Et que toujours l'Abondance
Chez nous fixera la Paix.
C'est, je crois, c'est, je croi } *bis.*
Ce que pense notre Roi. }

Espérons qu'un mercenaire
Ami de la probité
Ne craindra plus la misère
Au temps de caducité ;
Espérons que le génie,

* Ces vers furent présentés à LL. AA. RR. Monseigneur le Duc et Madame la Duchesse d'Orléans, à leur visite aux Invalides, juillet dernier. Une chaîne d'or de la part de Madame la Duchesse fut remise à l'auteur de cette chanson et de ces acrostiches.

Au lieu d'encenser Plutus,
Aux accords de l'harmonie,
Pratiquera les vertus !
C'est, je crois, c'est, je croi,
Ce que pense notre Roi.

De l'heureuse et belle Hélène
Espérons des descendans,
Et chantons sans perdre haleine :
Vivent les bons d'Orléans !
Avec eux, sur notre sphère,
Espérons voir un beau jour
Les enfans de notre père
N'avoir qu'un commun amour :
C'est, je crois, c'est, je croi,
Ce que pense notre Roi.

Livrons-nous à l'Espérance
Près ces chefs-d'œuvre divers
Embellissant notre France,
Admirés de l'univers !
En parcourant notre histoire,
Le monde envie en ce jour
Le temple de notre gloire,
Le temple de notre amour !
C'est je crois, c'est, je croi,
Ce que pense notre Roi.

ALLÉGORIES.

L'Estime et l'Amitié, jumeaux inséparables,
Jugeant les cœurs humains toujours inabordables,
Résolurent de fuir au céleste séjour,
D'emmener avec eux le véritable Amour.
La Sensibilité déjà versait des larmes,
Et l'Honneur en courroux allait briser ses armes,
Lorsque le Sentiment, sans nulle autre façon,
S'assit au milieu d'eux, et leur fit ce sermon :
« Avant de nous quitter, écoutez-moi, mes frères ;
« Pensez-vous qu'il n'est plus de cœurs bons et sincères,
« Amis de la justice et de la vérité,
« Logeant la modestie avec l'humanité ?
« Si telle est votre erreur, elle est impardonnable,
« Ou du moins, entre nous, elle est inexcusable...
« Je sais bien que la terre est couverte en tous lieux
« De détourneurs rampans, de voleurs orgueilleux
« Se trompant tour à tour, et tour à tour victimes
« De leur scélératesse, enfant de leurs maximes.
« Mais parmi ces mortels on trouve des humains
« Faits pour être chéris et guidés par nos mains :
« Daignons les distinguer de la foule inhumaine ;
« Ne leur refusons pas une larme à leur peine.
« Qui ne serait ému considérant ce fils
« Sous ce saule pleureur ? Il rêve au paradis :

« Rien ne peut de son âme exprimer la misère,
« S'inclinant sur la tombe où repose sa mère ;
« Sa voix voudrait en vain articuler un son...
« Nul mortel avec lui paraît à l'unisson.
« Sur ce trône de gloire affermi par les veilles,
« Voyez-vous ce géant enfanter des merveilles,
« Étouffer les partis au sein de ses États,
« Et surpasser en grand les plus grands potentats !
« L'enlaçant sur son sein, sa respectable amie
« Oublie en l'embrassant les tourmens de sa vie ;
« Et fière avec orgueil de sa fécondité,
« La montre avec sagesse à la postérité.
« Près des bords Lampsaga *, sur ce champ de bataille,
« Voyez-vous ces héros affrontant la mitraille,
« Soumettre Constantine, et lui donner la paix,
« Déployant dans ses murs l'honneur du nom français !
« Cet honnête artisan, avide de science,
« Ainsi que ses bijoux pèse sa conscience ;
« Et pourvu qu'il existe en suivant les vertus,
« Cet homme, avec raison, se préfère aux Plutus.
« Songeant à ses enfans, cette mère, en cachette,
« Pleure encor son aînée embrassant la cadette ;
« Mais toujours attentive au plus mince devoir,
« Aux besoins du ménage, elle sait tout prévoir.
« Ces héros généreux et non pas moins augustes,
« Même au fort des volcans n'ont cessé d'être justes.
« Aux martyrs de Bellone admirez ces guerriers,

* Le Koumel ou Onad-el-Kébir est le Lampsaga des anciens.

« Bravant la faux du Temps, fléchir sous leurs lauriers.
« Ouvrez-vous, noble enceinte ! offrez-nous le mélange
« De braves alités, mais pansés par un ange ;
« Sous un habit de bure et d'un voile de lin,
« Que d'attraits, de vertus, ont le baume à la main !
« Voyez-vous ce mortel à l'air inaccessible ?
« Eh bien ! sous son étoile il cache un cœur sensible ;
« Amant de la justice, on ne le vit jamais
« Encenser la Discorde en révoquant la Paix.
« Cette femme estimable, et que chacun révère,
« En pleurant un époux songe au moins qu'elle est mère,
« Et près de ses enfans se dédommage enfin
« Du sommeil des plaisirs endormis par l'hymen ;
« Celui-là sans témoins, suivant son caractère,
« Pleure avec la douleur et la rend moins amère ;
« Puis se considérant abrité sous un toit...
« C'est un infortuné que l'infortuné voit.
« Cet autre a vu s'enfuir le printemps de sa vie,
« Soutenant ses parens, et privé d'une amie !
« Ses regards inquiets, ses amoureux soupirs
« Près d'une aimable femme appelaient les plaisirs,
« Quand sa vertu farouche ou du moins trop austère
« Lui défendit l'aveu d'une flamme adultère.
« Cependant de tels feux l'égarèrent parfois,
« Mais son cœur n'a cessé de respecter nos lois.
« Là, c'est un commandant qui de sa compagnie
« Expulse la bassesse avec l'ignominie,
« Ne souffre pour tout dire, alignés dans ses rangs,
« Que la probité même ou de ses descendans.

« Manœuvrant ses outils en talonnant sa verve,
« Cet habile ouvrier exerce sa Minerve,
« Avec sa douce amie enfante un gai refrain,
« S'enivre de plaisir et nargue le chagrin.
« Celui-là, dirigeant nombre de mercenaires,
« Leur donne avec bonté ses avis salutaires,
« Met chacun à sa place, et sait avec raison
« Discerner le méchant toujours d'avec le bon.
« Or, si de ces mortels la terre en porte mille,
« En les réunissant tâchons qu'elle en fourmille. »
Ayant ainsi plaidé la cause des humains,
Le Sentiment se tut... tous lui prirent les mains,
Louant son éloquence ainsi que sa sagesse,
Et de rester chez nous lui firent la promesse.

UN FILS.

Asile de la mort, arène aux souvenirs,
Je suis dans ton enceinte... ah! reçois mes soupirs;
Que ton écho réponde à mon âme brisée :
Deviens pour mes douleurs, hélas! mon Élysée...
Tu caches en ton sein le sein qui m'a porté,
De même que l'auteur de sa maternité...
Tous les deux sont ici. Je sens fléchir la terre;
Offrez-vous à ma vue, ô mon père! ô ma mère!
De mes jours écoulés ramenez les plus beaux...

Je vole dans vos bras ; j'embrasse des tombeaux * :
Des tombeaux? voilà donc où s'engloutit le monde...
Où les peuples en foule arrivent à la ronde...
Que de mille mille ans le Temps a dévoré !
Et de combien de mille il se trouve arriéré !
Où sont les premiers preux qui virent cette pierre ** ?
Où sont-ils les derniers qui verront sa poussière?
Seul le néant répond... Le néant ! Mais notre âme
Du flambeau de la vie est la plus pure flamme ;
Avec elle on arrive à l'immortalité
Sur l'aile du Bonheur ou de l'Adversité.
Le Bonheur ! quelle énigme à saisir, à comprendre !
Où trouver le mortel qui saurait me l'apprendre ?
Jadis, dans ma jeunesse, à mon premier printemps,
J'en saisissais la clef au moins de temps en temps ;
Soit lorsque sur le sein d'une mère attendrie
Je goûtais les baisers de sa bouche chérie,
Ou lorsque dans mes bras mon père aux blancs cheveux
Savourait à longs traits le dernier de ses vœux :
Délicieux instans ! momens remplis de charmes...
Ah ! revenez ici pour essuyer mes larmes...
Un lustre d'agonie oppresse encor mon sein,
Et ma muse accablée expire sous ma main.

* Pourquoi pas vos tombeaux ! Ah ! pourquoi? parce que le pauvre n'a pas de tombeaux... C'est que les plus honnêtes gens, de leur vivant comme après leur mort, s'ils ne sont pas riches, sont toujours exclus du genre humain... O nobles institutions !

** Allusion au Louqsor.

Sur l'Amitié.

Pour mon goût, l'amitié ressemble à du café;
Je l'estime étant chaud, mais froid il est biffé...
Il faut en tout, sur tout, qu'un ami nous remplace,
Et de l'amour lui-même il peut tenir la place.
Ceci pourra déplaire aux doucereux du jour;
Mais tous ces amis-là sont des amis de cour:
Égoïstes chez eux, impudens chez les autres,
Ils comblent leurs trésors en tarissant les nôtres.
La Fontaine avant moi sur eux s'émancipa
En leur jetant au nez le Monomotapa.

LE MICROSCOPE D'UN BARBARE.

Paris offre à mes yeux le déchirant tableau
De la vertu mourante et creusant son tombeau,
Où le vice impudent, l'orgueil et la misère
La précipite ensuite et l'engloutit sous terre ;
En vain dans son enceinte un amas de savans
Démontre la sagesse *à tant les élémens.*
Rarement leurs leçons enfantent des Socrate ;
Mais l'on peut y compter, hélas! plus d'un pirate
Qui, cessant d'assiéger comptoirs et coffres-forts,
Va de la tyrannie affermir les ressorts...
D'autres, plus arrogans et non moins sanguinaires,
D'une plume vénale alimentent les guerres,
Inondent l'univers d'écrits séditieux
Qui ne sont, après tout, bons qu'à des factieux,
Et pourvoir aux besoins de leur illustre père,
Qui, sans ce métier-là, périraient de misère.
Mais sans doute, ici-bas, chacun doit exister ;
L'un, en parlant aux sourds, veut se faire écouter...
L'autre, un glaive à la main, montre la tolérance,
Et cet intempérant prêché la tempérance ;
Ce fils, abandonnant son père à l'hôpital,
Laisse à ses rejetons un tableau filial !
Cet avide héritier, enfant de la bassesse,
Sous un habit de deuil affiche sa tristesse,
Rit même en calculant ses poignantes douleurs,
Et combien par minute il doit verser de pleurs.

Celui-ci, de Thémis achetant l'éloquence,
D'un Crésus homicide affirme l'innocence...
Roulant en vis-à-vis, plusieurs banqueroutiers
Du trésor des ruisseaux soldent leurs créanciers,
Qui, voyant les moyens que l'on met en usage,
Jurent entre leurs dents, essuyant leur visage,
D'imiter à leur tour ces honnêtes voleurs,
Et sur l'escroquerie élever leur grandeur!...
C'est ainsi qu'aux filous les fripons font entendre
Qu'ils seront estimés lorsqu'ils sauront s'y prendre.
Enfin ces orateurs se dénigrant entre eux,
De la société prouvent l'accord heureux!
Étalant, réunis soit en chaire ou tribune,
L'exemple des vertus, sans en posséder une *.
Tel est de ce séjour le contraste étonnant;
Son aspect est aimable, et son cœur est méchant.
Semblable à ces beautés que l'honneur désavoue,
L'extérieur est d'or et l'intérieur... de boue.
O vous que le destin écarte de ces lieux!
Paisibles villageois, ah! trouvez-vous heureux
Dans les bois, dans les champs, à vos humbles asiles,
D'ignorer ce qu'on dit, ce qu'on fait dans les villes.
Sans sortir de chez vous, *si vous avez un cœur*,
Vous pouvez de vos bras enlacer le bonheur,
Cultiver les beaux-arts, admirer la nature,
Et reposer en paix sur un lit de verdure.

* Rousseau a dit: « Si c'est un beau pays celui où l'on punit le crime, c'en est un bien plus beau celui qui l'empêche de naître. » Malheureusement, pour ma part, je n'ai pas le bonheur de connaître ce pays-là. (P.....d.)

MON PREMIER MOI.

Séjour où j'ai vu fuir les jours de mon enfance
Et les premiers soupirs de mon adolescence,
Que j'aime à contempler ton enceinte et tes murs!
Je crois goûter encor ces plaisirs vifs et purs,
Ces doux amusemens de ma tendre jeunesse,
Où mon cœur s'enivrait d'une innocente ivresse...
A mes yeux chaque objet m'offre un doux souvenir;
Toujours en l'abordant je me sens rajeunir :
Le passé se rattache à mon âme ravie;
Remontant avec lui l'échelle de ma vie,
Je me dis, en songeant à ces instans heureux,
Ce réduit a servi de théâtre à mes jeux.
Oui, c'est là qu'aux noyaux j'allais à la bloquette,
Et le volant ici dansait sur ma raquette :
Une balle élastique, au sortir de ma main,
Escaladait ce mur, ou toisait ce chemin.
Là, devant mes voisins, singeant l'acteur, le prêtre,
En souriant plus d'un me jugeait mal, peut-être...
Long-temps ce toit rustique abrita mon berceau
Et cacha ma misère au sortir du hameau...
Sous ce couloir obscur résidait ma cachette.
Que d'épinglons perdus jouant à la poucette!

Et cette borne encore, avec sa vétusté,
M'étale un monument de ma félicité.
Mais j'oubliais ces jeux, encor plus cette cour,
Dans l'asile où Vertumne a fixé son séjour.
C'est là qu'avec B....l, ami de mon enfance,
J'enchaînais les Plaisirs des nœuds de l'Innocence,
Soit en mettant aux fers l'imprudent hanneton,
Ou soit en poursuivant le léger papillon.
Là nous nous exercions à la course, à la lutte ;
Sur la litière, ici, je faisais la culbute.
Armé de trébuchets ou de faibles gluaux,
J'arrive au rendez-vous pour la chasse aux moineaux.
Abandonnant, l'été, gluaux et sauterelle,
Je vois encor la place où, sous la manivelle,
Six lézards attelés d'un élégant cordon,
Roulaient un char brillant formé de potiron.
Haletant de fatigue ou manquant de courage,
Dans cet étroit bassin ils allaient à la nage...
Non loin de cette place, étant à deux genoux,
Vers un sexe adoré je lançais des yeux doux ;
Mon cœur brûlant d'amour dès sa première aurore,
Allumait dans mon sang ce feu qui me dévore...
Timide avec excès, tendre et respectueux,
On sent s'il m'est possible ici-bas d'être heureux...
Mais alors je l'étais ! ma vie était heureuse.
Qu'il fallait peu de chose à mon âme amoureuse !
Un aimable sourire, un regard languissant
Suffisaient à mon cœur et calmaient son tourment.
Cependant le toucher embrasait tout mon être :

Alors la volupté sur moi daignait paraître...
Qui pourrait exprimer le sentiment secret
Que mon âme éprouvait en cherchant le furet,
Ou lorsque ma tête, bandée avec malice,
Posait sur les genoux d'une jeune novice !
Et toi, lit virginal où dormait la beauté...
Viens embellir mes vers et ma sincérité :
Heureux si tu permets à ma plume ingénue
D'esquisser un portrait de la vérité nue...
Aussitôt que l'aurore entr'ouvrait ses rideaux,
De mes yeux le sommeil écartait ses pavots;
Alors je me levais, j'adressais ma prière
Au Créateur du monde, au Dieu de la lumière :
J'abordais mes parens, le front calme et serein,
Puis ils me surnommaient le réveille-matin...
En effet je l'étais pour certain personnage
Doux et faible de corps autant que de visage !
Que j'aimais à remplir un ordre si charmant!...
J'approchais de son lit doucement, doucement...
Sans agir toutefois en amant téméraire,
Un baiser sur la joue était tout mon salaire...
Je ne dérobais rien qu'il ne me fût permis.
Cependant à ce jeu j'ai cessé d'être admis...
Lorsqu'aux pieds de sa fille une mère en alarmes
Me surprit arrosant ses deux mains de mes larmes...
Sans laisser entrevoir ni crainte ni douleurs,
Sans faire attention seulement à mes pleurs.
Possédant à la fois le double caractère
D'une femme estimable et d'une tendre mère...

Elle embrassa sa fille et s'éloigna soudain :
Mais depuis cet instant, plus réveille-matin...
Adieu jeux innocens, adieu premier délire!
Adieu premiers beaux jours! puisqu'il faut vous le dire,
Car mes vœux désormais, hélas! sont superflus...
J'ai beau vous rappeler... vous ne reviendrez plus...

A UNE BOUCHÈRE,

Qui nous avait glissé une nature de veau.

Considérez, mademoiselle,
Cet élégant petit bijou;
Mais nous doutons fort qu'une belle
En puisse faire son joujou;
Car, malgré sa noble tournure,
Il manque de vivacité :
S'il fut un vivant en nature,
Il est mort en réalité.

La Mélancolie.

Romance.

AIR :

Ah ! que la cloche a donc pour moi de charmes !
En l'écoutant je sens battre mon cœur :
Quoique mes yeux se remplissent de larmes,
Je sens en moi circuler le bonheur ;
Avec le glas s'envole ma pensée
Aux bords heureux qui me sont inconnus ;
Et c'est ainsi que mon âme abusée
Goûte ici-bas le bonheur des élus !

Fuyant le monde, oubliant sa folie,
Seul, sous un chêne ou sous un peuplier,
Je vois l'estime et la mélancolie
Venir à moi, le front ceint de laurier.
Leurs doux regards arrêtés sur mon être,
Semblent me voir avec aménité :
Le sentiment près d'eux me fait connaître,
Et m'établit dans leur intimité.

Douce amitié, ma consolante amie,
Sur ce gazon, vous chassez mes douleurs !
Quand près de vous ma muse est endormie,
Vous l'éveillez en lui jetant des fleurs ;
Ouvrant les yeux, nous voyons sur vos traces
Les jeux, les ris, enfin tous les plaisirs ;
L'Amour, heureux, d'accord avec les Grâces,
Bien loin de nous arrête les désirs.

Epigramme.

Une sensible mégère
Se plaignait amèrement
D'avoir fait un garnement
Capable d'étrangler son père...
Son parrain, qui l'écoutait,
Lui lâcha d'un ton benêt :
« Un proverbe dit, ma commère,
« Qu'un garçon tient de sa mère. »

MES ADIEUX.

Air :

Adieu cent fois, beau printemps de la vie,
Sans te connaître, hélas! je t'ai perdu!
Ta belle fleur à jamais m'est ravie;
A mes désirs tu n'as pas répondu :
Je n'ai cueilli jamais en ta présence
Rose d'amour, baisers voluptueux!
En te perdant j'ai perdu l'espérance...
Cent fois adieux! *ter.*

Adieu cent fois, auteurs de ma naissance!
Mais c'en est fait, vous ne m'entendez plus...
J'appelle en vain... un funèbre silence
Seul me répond : Tes vœux sont superflus!...
De l'Élysée, où vos âmes reposent,
Daignez au moins jeter sur moi les yeux!
Souffrez encor que les miens vous arrosent!
Ceut fois adieux!

Adieu cent fois, promenades champêtres,
Gazons fleuris, et limpides ruisseaux!
Je ne vais plus, sous des ifs ou des hêtres,
Chercher la paix et l'oubli de mes maux.
Toujours captif, guidant des mercenaires
Qui, malgré moi, souvent sont malheureux...
Je dis alors à mes goûts sanitaires :
Cent fois adieux!

Adieu cent fois, illusion chérie,
Rêve enchanteur où d'un cœur enflammé
J'imaginais une sensible amie,
En me croyant d'elle à jamais aimé!...
Je me réveille... Adieu, douce allégresse!
Comme exilé... je me trouve en tous lieux...
Nature, amour tour à tour me délaisse;
Cent fois adieux!

Adieu cent fois, ma muse incorrigible,
Vos chants sans art à la fin se sont tus!...
Il fut un temps où, sur mon cœur sensible
Vous paraissiez avoir quelques vertus;
Même aujourd'hui j'excuse vos faiblesses,
Et, qui plus est, je fais pour vous des vœux.
Recevez donc mes dernières caresses;
Cent fois adieux!

Adieu cent fois, gaîté, santé, jeunesse!
Je vous vois fuir avec un doux émoi :

A pas tremblans s'approche la vieillesse,
Et les douleurs s'acharnent contre moi.
Même avec eux je vois la mort sourire...
Ses doigts hardis effleurent mes cheveux.
Mais avant tout l'amitié pourra lire
Tous mes adieux!

Adieu cent fois, règne de l'innocence,
Siècle d'Astrée, âge d'or et de biens!
De votre fable on sent la différence,
Avec l'histoire et les mœurs des chrétiens.
Mais des mortels oublions les sottises,
Tâchons encor d'exister avec eux...
En prononçant sur toutes leurs bêtises:
Cent fois adieux!

Adieu!... mais non; cette phrase éternelle
Ne convient pas encore à mes douleurs...
A mes côtés l'amitié fraternelle
Me tend les bras et m'arrose de pleurs.
Venez, amis, venez tripler mon être,
En ce beau jour soyons au moins heureux!
Je ne dis pas à qui me sait connaître :
Cent fois adieux!

CONSOLONS-NOUS.

AIR : Faut l'oublier, disait Colette.

Consolons-nous, mauvais poëtes,
D'être exclus du sacré vallon :
Sans nous soucier d'Apollon,
Au loin embouchons nos musettes ;
Et si nos accords éclatans,
Aux sourds proclament nos merveilles ;
Narguons les illustres savans,
A grands cris, près de leurs oreilles,
Consolons-nous. *bis.*

Consolons-nous lorsqu'une belle
Est insensible à notre amour,
Et nous expulse sans retour,
Comme trop délicat pour elle.
Pour oublier son air moqueur,
Ou son adroite perfidie,
Allons épancher notre cœur
Entre les bras d'une autre amie :
Consolons-nous.

Consolons-nous, gens débonnaires,
Si nous n'avons aucuns crédits ;...

Pourquoi nous sont-ils interdits ?
C'est que nous nous aimons en frères.
Il faut à des rangs élevés
Un cœur de roc, un esprit souple,
A ces talens si motivés ;
Nous qui sommes loin de la couple,
Consolons-nous.

Consolons-nous, si la famine
Osait un jour nous insulter ;
En promettant de nous traiter
Splendidement, mais sans farine ;
Avant d'accepter ses bienfaits,
Que chaque chef ici s'assemble...
Alors les jugeant satisfaits,
En les voyant brouter ensemble,
Consolons-nous.

Consolons-nous, quand sur nos portes,
La mort à grands coups frappera ;
Disons-lui, dès qu'elle entrera :
« Nous ne craignons pas tes menottes. »
Quiconque a vécu noblement,
Voit la mort avec confiance,
Et jusqu'à son dernier moment,
Il dit avec sa conscience :
« Consolons-nous. »

LES PLEURS.

Air des Étages, *ou* des Lanciers polonais.

Mes bons amis, excusez ma faiblesse,
Si, près de vous, j'ose épancher mon cœur!
Sans être gueux, sans avoir de richesse,
L'homme à mon gré peut goûter le bonheur.
Si, loin du monde il voit couler sa vie,
Toujours dispos, à l'abri des douleurs,
Heureux alors auprès de son amie,
Il doit verser des pleurs!

Qu'un franc buveur, en vidant sa bouteille,
Soir et matin célèbre son Bacchus :
Moi, sans haïr le doux jus de la treille,
Je suis amant des roses de Vénus.
A son bosquet si jamais j'y respire,
A deux genoux j'admirerai ses fleurs ;
En les cueillant, dans un brûlant délire,
Je verserai des pleurs!

Grands citoyens du Temple de Mémoire,
Fameux auteurs, invincibles héros!
Tous vos hauts faits sont gravés dans l'histoire;
Vous triomphez, même aux champs du repos...
Mais à l'asile où règne la poussière
De l'écrivain aux écrits enchanteurs,
D'un saint respect, incliné sur la pierre,
S'échapperont mes pleurs!

Lorsque Caron, au fond de sa nacelle
M'embarquera pour mon dernier séjour;
En m'escortant à la rive éternelle,
Chantez en chœur ou du moins tour à tour:
Souvenons-nous que la mélancolie
Avait pour lui des attraits séducteurs!
Contentons donc encore sa folie,
En l'arrosant de pleurs!

LE CIMETIÈRE.

Le bronze foudroyant et le glas funéraire
Mêlent leurs tristes sons aux éclats du tonnerre;
D'étincelans éclairs semblent sortir des cieux,
Et Phébus attristé se dérobe à mes yeux.
Ce spectacle me plaît au temple de la mort;
Avec ce qui respire, au moins je lis mon sort.
Que font à mes regards ces monumens funèbres!
Et ces noms qu'on y lit en sont-ils plus célèbres?
Non, non; en balançant nos vertus, nos talens,
Minos assigne à tous nos titres et nos rangs.
Le despote inhumain, terminant sa carrière,
Va des Caligula refouler la poussière;
L'honnête homme et le sage, ou digne de ce nom,
Vont rejoindre Rousseau, Roucher et Fénélon!
Le tartufe, à la fin de son rôle hypocrite,
Accourt près de Lorraine * où sa race est inscrite;
L'épouse est à côté de son époux chéri,
En attendant le fruit que son sein a nourri;

* Il est ici question de ce fameux cardinal de Lorraine, si bien dépeint dans *Charles IX*, tragédie de Chénier.

L'amant rejoint aussi son amante fidèle,
Et pour l'éternité vient s'unir avec elle ;
Lorsqu'enfin chez Pluton un mortel est admis,
Il est placé, je crois, auprès de ses amis.
Que cet espoir est doux ! il retient ma pensée
Dans ce séjour heureux qu'on nomme l'Élysée !
Là je reçois le prix de mes légers bienfaits,
M'unissant pour toujours à tout ce que j'aimais.
L'amitié, la nature et la mélancolie
M'aidaient à supporter le fardeau de la vie.
Plus heureux mille fois au céleste séjour,
Je jouis auprès d'eux des faveurs de l'amour.
Tour à tour, sur leur sein, mon âme se repose ;
Au bosquet de Vénus elle cueille une rose...
Dans sa prison d'argile, en proie aux passions,
Elle existait souvent avec des fictions.
Un objet idéal, un enfant du génie,
Au printemps de mes jours fut mon unique amie ;
Je n'avais qu'en peinture une aimable beauté,
Je la possède ici dans sa réalité...
Se figurant avoir terminé sa carrière,
C'est ainsi que parlait certain visionnaire...
Mais la pluie en tombant lui dessilla les yeux,
Hélas ! et lui prouva qu'il était loin des cieux.
Ne pouvant plus des morts interroger la cendre,
On le vit à grands pas chez l'amitié descendre.

A P.....R.

Favori des Neuf Sœurs, disciple d'Apollon,
Sur l'aile du Génie atteins ce beau vallon
Où les fiers citoyens du temple de mémoire
Savent en lettres d'or afficher leur victoire...
Tes chants harmonieux, enfans de la douceur,
Invitent l'avenir à chérir leur auteur.
Poursuis; le monde entier se complaît à t'entendre...
C'est à toi de parler, c'est à nous de comprendre
Les avis importans que tu vas révéler.
Au joug de la raison viens nous assimiler :
Que l'on serait heureux si toujours les Orphée
De la vérité nue honoraient le trophée,
Et nous servaient d'exemple ainsi que de maintien,
Pour penser, pour agir, pour vivre en bon chrétien !
C'est alors qu'on verrait au sein de ma patrie
Renaître les vertus et fleurir l'industrie ;
Chaque chef de famille aimerait ses enfans...
Les enfans, à leur tour, chériraient leurs parens;
L'épouse, à son époux au moins serait fidèle...
Tout prendrait ici-bas une face nouvelle ;
Car on ne verrait plus la superstition
Immoler à nos yeux notre religion,
Vendant au poids de l'or une oraison funèbre,
Quand notre âme abandonne un séjour de ténèbre.
Les Crésus orgueilleux, ces fripons insolens,

N'éclabousseraient plus de leur char les passans,
Car Thémis abattrait leur hauteur intraitable
En les stigmatisant de son glaive équitable,
Et la Discorde enfin, ne trouvant feu ni lieu,
Devrait dire à la terre un éternel adieu...
L'on jouirait ainsi du songe de la vie,
Si toujours le poëte avait eu le génie
De guider les mortels au séjour du bonheur,
En suivant avec eux le sentier de l'honneur...
Mais hélas! où m'emporte un aveugle délire?
Et comment excuser les amans de la Lyre?
Les uns, bouffis d'orgueil, à la cour des tyrans,
D'une plume vénale encensaient des brigands;
D'autres, associant le vice et la bassesse,
Des traits du ridicule insultaient la sagesse,
Enchaînaient la raison aux pieds des préjugés...
Tels furent en tout temps ces savans protégés.
Mais n'appréhende pas qu'armé de la satire,
Aujourd'hui contre toi je vienne ici médire:
Malgré ton long silence où gît quelque froideur,
Je ne puis un moment t'exiler de mon cœur.
L'honnête homme ici-bas sans doute a des faiblesses;
Il commet des écarts, mais jamais des bassesses.
Narguant les charlatans aux accens imposteurs,
On ne te verra point au rang de ces auteurs...
Non, non, jamais P......r, au sommet du Parnasse,
N'osera d'un tartufe encenser la *besace;*
Son cœur sensible et franc adore les vertus:
Ce n'est qu'avec leurs dons qu'il veut être un Plutus.

UNE MOUCHE.

En dépit des Neuf Sœurs, sur le sacré vallon,
Je veux avec audace invoquer Apollon ;
Et s'il ne daigne alors répondre à mon délire,
Arracher de ses mains la trompette et la lyre,
Renverser ses autels, briser ses attributs,
En ne respectant rien, pas même ses vertus.
Si, je respecterai, parcourant ses tablettes,
La bonté des guerriers, la valeur des poëtes,
La sagesse au fauteuil de nos législateurs,
La prodigalité parmi les procureurs,
Le silence et la paix au milieu des batailles,
La gaîté folâtrant aux champs des funérailles,
La vérité parlant à tous les potentats,
La chasteté, la foi dans le cœur des prélats;
La sensibilité des vigilans satrapes,
Le savoir avéré des nouveaux Esculapes,
La religion sainte enseignée aux enfans,
Et la délicatesse aux comptoirs des marchands;
La pudeur affichée au front de nos grisettes,
Le délicat amour embrasant les coquettes,
L'honneur et la noblesse armant les magistrats,
La liberté debout enchaînant les forçats.
D'autres seraient classés au rang de mes reliques,
Tels que l'humanité des pasteurs catholiques,

La probité vivante enfouie avec l'or;
L'avarice à ses pieds repoussant un trésor...
Le reste roulerait au bas de la colline,
Et ne serait admis que chez la Messaline.
En dirigeant ainsi le Parnasse à mon gré,
Je veux voir la Sagesse, à son plus haut degré,
Consoler les Neuf Sœurs de leurs métamorphoses,
En guidant les mortels sur des tapis de roses :
Alors, content de moi, content du genre humain,
Mon cœur avec plaisir aimerait son prochain.

L'Econduit.

Assis un soir auprès de Désirée,
Mêlant ma voix à sa voix épurée,
L'amour semblait sourire à mes accens
Et m'enhardir par des bravos aimans !
Alors, tombant aux pieds de mon amie,
J'osai lui dire : « O ma muse chérie !
« Si mes soupirs ont charmé mon vainqueur,
« C'est à vous seule à qui j'en dois l'honneur ;
« Aucun plaisir n'avait charmé mon être ;
« Je languissais avant de vous connaître :
« Ces verts bosquets, ces fleurs et ces gazons
« Etaient pour moi sans attraits, sans saisons ;
« Ce clair ruisseau, ces chants de Philomèle,
« Ce doux zéphir volant de belle en belle,
« Et se glissant, pour me faire un affront,
« Dans mes cheveux, sans dérider mon front !...
« A tout cela mon âme était muette ;
« En vous voyant, je me suis cru poëte ;
« Un feu divin tout à coup m'embrasa :
« Tout l'univers se métamorphosa ;

3.

« Même avec moi les oiseaux du bocage
« En chœur ici vous offrent leur hommage.
« Entendez-vous ?... D'où vous naît cet effroi ?
« Vous pâlissez, vous tremblez devant moi !
« Quel est cet homme au loin qui se présente ?
« Il est aimé, vous êtes son amante ;
« Dans vos regards j'ai lu tout son bonheur !
« Qu'il en soit digne... il n'aura pas mon cœur...
« Il n'aura pas mon amour, mon délire ;
« Pour vous chanter il n'aura pas ma lyre.
« Mais où m'égare ici ma passion ?
« Avec l'amour marche l'illusion :
« L'objet aimé, quoique fou, paraît sage,
« Il a du ciel reçu tout en partage ;
« Vertus, talens, il sait tout réunir ;
« Le bonheur vole à son moindre désir.
« Jouissez donc, soyez heureux ensemble,
« Et que l'amour pour jamais vous rassemble !
« Ne craignez pas mon indiscrétion ;
« L'estime a fait ma réputation.
« Or, en secret vous serez adorée
« Toujours par moi, charmante Désirée. »

A M. F.....

D'une muse sans art, pleine de sentimens,
Juste et généreux F....., excuse les accens,
Permettant à ma plume ici dans le silence
D'esquisser tes bienfaits et ma reconnaissance;
Déjà l'hypocrisie avec tous ses consorts
Avaient de leur machine essayé les ressorts,
Et les ayant jugés à leurs desseins propices,
Ils comptaient m'écraser au gré de leurs caprices.
Me croyant sans ressource et sans intimités,
Ils ignoraient encor ces grandes vérités,
« Qu'en tout temps, en tous lieux, à la ville, au village,
« La justice et l'honneur sont les vertus du sage;
« Quiconque porte en soi ces nobles sentimens,
« Est l'appui des bons cœurs et l'effroi des méchans. »
Moi qui dans tes regards admirais ces maximes,
J'osai te présenter mes raisons légitimes:
Lors, semblable à Thémis, la balance à la main,
Tu les pesas de suite et changeas mon destin.

C'est ainsi qu'au Palais, des martyrs de Bellone
La justice et l'honneur font chérir ta personne.
Chacun s'accorde à dire avec sincérité
Qu'on ne peut surpasser ta générosité.
Cet autre affirme en plus que sous un front sévère
Tu caches l'œil sensible et la bonté d'un père.
Enfin de tes vertus, pour les peindre à moitié,
Il faudrait chez T..... écouter l'amitié.
Mais le respect m'arrête, et mes accens timides
Craindraient d'importuner un cœur où tu résides.
Certes encore heureux si tu veux un instant
Jeter sur ce papier un regard indulgent,
Et servir d'interprète à ce qu'il ne peut dire :
Être estimé de toi, c'est le but où j'aspire.

A P......R.

Mon réduit, honoré deux fois de ta présence,
Implore ses échos muets sous ton silence.
Mon âme à l'amitié ne connaît plus de chant;
Depuis long-temps j'écoute, et toujours vainement.
La lyre, sous tes doigts, est donc aussi muette?
La tendre Zélina n'entend plus son poëte!
Que prédit ce silence? est-ce encor le malheur?
Ton cœur a-t-il cessé de sentir la douleur?
L'impitoyable Mars, assouvissant sa rage,
Aurait-il sur tes jours illustré son courage?
Ou l'inflexible Parque, exerçant ses ciseaux,
T'aurait-elle entraîné dans la nuit des tombeaux?
Fuyez de ma pensée, exécrable présage,
De mon sensible ami je verrai le visage:
Oui, j'entendrai ta voix, j'écouterai ton cœur;
Dans mes yeux attendris tu liras mon bonheur.
Lorsque ma main tremblante ira presser la tienne,
Lorsque ton âme enfin consolera la mienne...

Je passe ainsi ma vie à former des désirs,
Sans pouvoir un instant arrêter les plaisirs...
On dirait que mon cœur, amant de la tendresse,
Attire l'amertume et repousse l'ivresse.
Les obstacles, toujours escortés des chagrins,
M'enlèvent le pouvoir d'accomplir mes desseins...
C'est ainsi que nos jours s'écoulent sur la terre,
Et la félicité pour nous est étrangère :
« L'homme en proie aux douleurs qui consument son cœur,
« Ne rencontre jamais ici-bas le bonheur. »
Tu l'as dit, cher P......r, rien n'est plus véritable;
Mais au moins l'amitié rend l'ami supportable.
L'amitié fait chez nous résider les vertus,
Et nous rejoint encor quand nous n'existons plus...
C'est elle, il t'en souvient, dont l'aimable puissance
Fit palpiter mon cœur, en m'offrant ta présence;
Aujourd'hui délaissé, flétri par le chagrin,
Je la maudis, hélas! ignorant ton destin.

A MON FRÈRE.

Viens, jeune infortuné, déposer ta misère
Dans les bras d'un ami, sur le sein de ton frère :
Apprends que la nature, avare de ses dons,
A dans le même moule enfanté nos deux noms ;
Ainsi de l'amitié nous porterons les chaînes,
Et nous partagerons les plaisirs et les peines...
Ensemble on nous verra contens ou malheureux;
La gaîté, le chagrin nous uniront tous deux.
J'en ai fait le serment, je tiens à ma promesse ;
Où gît l'humanité réside la tendresse.
Venez, accourez tous, généreux sentimens !
Je vous ouvre mon âme, assiégez mes tourmens;
L'estime, l'amitié punissent leur audace ;
A l'amour, je le sens, ils céderont la place...
Insensé, que dis-tu? Laisse dormir l'amour,
Et crains de l'encenser plus souvent qu'à ton tour...
Mais laissons l'avenir éclaircir ces mystères,
Ne nous embarquons point au pays des chimères;
Rentrons chez l'amitié, c'est là que je suis bien !
En écoutant ton cœur, je sens battre le mien ;

Des gestes, des regards, un mot involontaire
Animent nos discours ainsi qu'ils les font taire...
A l'aide d'une plume ou d'un simple crayon,
Nous entamons souvent la conversation.
Ta main sert-elle enfin d'interprète à ta bouche,
La mienne en écrivant jamais ne s'effarouche...
Nous nous entretenons sans proférer un mot.
Ce langage, je crois, vaut bien celui d'un sot
Qui du matin au soir médit, boit et babille;
Inspiré par Bacchus, son œil vineux pétille,
Mais sa langue embourbée en un épais limon
Ne lui laisse échapper qu'un horrible jargon...
Malheureux! tu gémis... ah! j'en connais la cause;
Ici mêlons nos pleurs et faisons une pause.
Jamais aucun écho n'est venu jusqu'à toi,
Ni ta bouche un instant n'a prononcé le *moi;*
Jamais les sons divins, enfans de l'harmonie,
N'éveillèrent ton âme aux accens du génie.
Pour dire en peu de mots la triste vérité,
Le silence toujours réside à ton côté.
Malgré tout, souviens-toi qu'ici-bas, sur la terre,
On n'a pas tout perdu quand il nous reste un frère:
Tous les deux à genoux, avec dévotion,
Adressons au Très-Haut cette invocation:
« Comblez-moi de vos dons! esprit, talens, sagesse,
« Secondez l'amitié pour bannir ma tristesse;
« Vous pouvez adoucir la rigueur de mon sort
« En me donnant la vie où je trouve la mort... »

LE CHANSONNIER.

Air : Depuis long-temps, gentille Annette.

Depuis long-temps j'ai la manie
D'oser chanter en compagnie,
Et monter au même niveau
Les enfans nés de mon cerveau.
Ainsi, lorsqu'un même délire
Près de vous fait vibrer ma lyre,
Excusez-moi. *bis.*
Aimez, aimez, gentille Annette,
Aimez chanter ma chansonnette,
Toujours, toujours, avec un doux émoi,
Daignez, daignez la chanter avec moi.

Comme un enfant de la nature,
J'aime à rêver sur la verdure,
Et de regards audacieux
Chercher à planer dans les cieux...
Mais au milieu d'un vert bocage,
En secret je vous rends hommage,
Excusez-moi, etc.

Souvent, au sein d'une prairie,
Vous occupez ma rêverie,
Et dans une modeste fleur
Je reconnais votre candeur.
Avant qu'un profane la blesse,
Ma bouche avant tout la caresse...
Excusez-moi, etc.

En songe, et toujours en cachette,
Je vois l'Amour sur ma couchette
Voiler vos yeux de son bandeau,
Armer ma main de son flambeau;
Ensuite, au temple de Cythère,
Il chante avec nous, sans mystère :
Excusez-moi, etc.

Si j'en crois un ami sévère,
J'ai passé l'âge heureux de plaire,
Et ne puis plus, en cheveux blancs,
Figurer au banc des amans...
Cependant mon cœur est novice;
Quand je vous l'offre en sacrifice,
Excusez-moi.
Aimez, aimez, belles brunettes,
Aimez chanter mes chansonnettes;
Toujours, toujours avec un doux émoi,
Daignez, daignez les chanter avec moi.

LE SINGE.

Air : Zig-zag, don don.

En vrais amis de la gaîté,
  Saisissons notre lyre,
Et que chacun, avec fierté,
  Chante ici son délire.
Voilà quel est mon avis,
S'il vous suffit, mes amis,

REFRAIN.

  Autour de cette table,
Rions, chantons à l'unisson;
  La folie est aimable
  En singeant la raison.

Du plus célèbre conquérant
  Pour imiter la gloire,
Je me figure, en avalant,
  Voler à la victoire.
Mais au lieu de sang humain,
Ne me versez que du vin. — Autour, etc.

Sur la probité des Plutus
  Fondant son espérance,
Plus d'un avocat par vertus
  Encense l'opulence.
Moi, j'estime l'encensoir
Du buffet ou du boudoir. — Autour, etc.

Des anciens ducs et des marquis
  Je singe les empires;
Mais j'ai pour sujet mes amis,
  Pour impôts leurs sourires...
Alors content et joyeux,
Je répète au milieu d'eux : — Autour, etc.

De nos Crésus nouveaux auteurs
  J'ai pesé le mérite :
Or, pour imiter ces chanteurs,
  Ma voix est trop petite.
Mais avec vous, sans chagrin,
J'entonne encor ce refrain :

  Autour de cette table,
Rions, chantons à l'unisson;
  La folie est aimable
  En singeant la raison.

Une Puce.

Il est des malheureux nés pour toujours souffrir,
Ou privés trop longtemps du bonheur de mourir ;
Tel est en abrégé le tableau de ma vie;
Car, malgré le flambeau de la philosophie,
Je n'ai rien aperçu... qu'un voile de douleur,
Qui, tombant de mes yeux, est resté sur mon cœur.
Pour l'arracher, en vain j'ai mis tout en usage,
Et du fou les grelots, et les vertus du sage :
Vaines précautions! ces moyens si vantés
N'ont pu servir de baume à mes sens agités...
Pour enivrer mon cœur, la terre est trop petite;
Il en faudrait au moins réformer qui l'habite.
Je ne vois ici-bas qu'un cloaque empesté
Où la vertu succombe avec la liberté*...

* Celui-là est véritablement libre, qui n'a pas besoin de mettre les bras d'un autre au bout des siens; à coup sûr ce ne sont pas les peuples policés qui vivent en liberté, moins encore ceux qui les gouvernent.

La liberté sur terre est une ombre frivole,
Plus vous en approchez, plus vite elle s'envole...
Sous un sceptre d'argile un vain peuple savant
Languit dans l'esclavage et meurt philosophant;
Sa langue est d'un héros le bras invulnérable,
Mais son cœur, en tout point, à Thersite est semblable...
Ou si l'honneur un jour daigne les embraser,
C'est pour changer de fers et non pour les briser...
Cet océan de lois, ce code à l'exiguë,
A Socrate existant servirait de ciguë.
Parfois on croit y voir guerre ouverte aux abus...
Mais nulle part on dit : Honorons les vertus * !
Thémis avec emphase étalant sa sagesse,
Fait pencher sa balance où s'assied la richesse :
Ces chefs-d'œuvre de l'art, narguant l'éternité,
Sont tous pour la valeur, non pour l'humanité.
Si d'illustres guerriers ont conquis nos hommages,
D'illustres laboureurs ont-ils été moins sages?
Cet humble nourricier, ce Nestor du hameau,
Souvent, après sa mort, n'a pas même un tombeau...
Celui qui de sa sueur arrosa la poussière,
A son dernier asile arrive sans prière;
A la religion il n'offrait que son cœur,
Et c'est de l'or, de l'or qu'exigeait son pasteur!...

* Il existe réellement un vice capital dans nos institutions : un glaive toujours suspendu sur la tête de l'homme d'honneur, qui le frappe indubitablement s'il ne dévie assez vite de l'étroit sentier des vertus, et ne gagne assez tôt le chemin de l'intrigue ou de la fortune.

Au pluriel que mes vers avec feu s'évaporent :
C'est béatement l'or que nos pasteurs adorent ;
Sans argent point de prêtre, et sans prêtre hors Dieu !
Une crèche au chrétien vaut sans doute un saint lieu ;
Là sans ministre est né ce Rédempteur du monde ;
Mais là pour s'amender jamais prélat n'abonde...
Doucement, doucement, catholique félon ;
A genoux, à genoux aux pieds de Fénélon !
A ce nom révéré, le plus vil misanthrope,
Convaincu, doit changer, devenir philanthrope...
Que fait une âme ou deux dans un si grand troupeau ?
Pour des millions de chefs il faut plus d'un chapeau...
Parmi ces affamés, que fait ce gastronome ?
Sous sa table étendu, prouve-t-il qu'il est homme ?
Répondez, répondez, vous aux estomacs creux ;
Imitez ce C....., ou restez des lépreux...
Ainsi certaine puce, au fort de l'agonie,
Exhalait sa fureur et sa monomanie.
En vain pour la calmer un amas de Plutus
S'empressaient à grands frais d'étaler leurs vertus ;
Lui prodiguant les noms et d'amis et de père,
Affirmaient que leur vue exilait la misère ;
Qu'ils visitaient sans cesse et cachots et greniers,
Et qu'avant l'honneur même ils marchaient les premiers.
Un regard sardonique et des ris misanthropes
Firent éloquemment taire ces philanthropes.

LES TRAITS D'UNE MÈRE.

AIR : Doux Tyrol, campagnes tranquilles !

Doux souris, tendre prévenance,
Petits jeux, regards inquiets,
Noms chéris, baisers d'innocence,
Grands soucis et nobles souhaits! *bis.*
D'une mère, ah! voilà les traits! *ter.*

Quand nos yeux se plaisent à la lumière,
Que notre bouche articule des sons,
Ma mère est là; ma mère est la première
Qu'à chaque instant nous cherchons, nous nommons,
Et que partout, que partout nous trouvons.
Doux souris, etc.

Elle est la fleur alimentant l'abeille,
Lorsqu'en ses bras elle enlace son fils;
Semblable encore au pommier, à la treille,
Quand son enfant glisse ses doigts hardis,
Pour mieux palper deux beaux fruits arrondis.
Doux souris, etc.

Dors, cher enfant! quand la nature veille
Et que l'Amour a quitté son bandeau...
Dors! ne crains pas qu'un insecte t'éveille,
Ni que le froid atteigne ton cerveau,
Puisque ta mère entoure ton berceau...
Doux souris, etc.

En parcourant l'océan de la vie,
Heureux qui peut, en habile nocher,
Se garantir des vagues de l'envie,
Avec sa mère atteindre le rocher
Où le malheur ne saurait approcher!...
Doux souris, etc.

Toi qui naquis proche d'un diadème,
Au pied d'un trône où tu pourras monter,
Ah! sois aimant; aime déjà qui t'aime :
Par tes souris daigne nous attester
Que les humains sur toi pourront compter.
Doux souris, etc.

Noble princesse! épouse débonnaire!
A ces doux noms tu viens joindre un de plus
Non moins auguste, et c'est celui de mère,
Que l'avenir attache à tes vertus,
En t'admettant au rang de ses élus...
Doux souris, etc.

Honneur, honneur à la sensible mère * !
Car sa sagesse est le premier flambeau
Qui nous éclaire ici-bas sur la terre,

* Si de tous les animaux l'homme est le plus parfait, il est, avec autant de raison, le plus imparfait : or, pour se résoudre à passer sa vie et vivre toujours avec lui en bonne intelligence, il faut être plus qu'humain ; malheureusement peu de femmes sont des anges, mais beaucoup le seraient sans doute si elles avaient été mieux élevées. Tous les malheurs de la société ne découlent que de nos institutions et de la minime éducation des femmes. Une fille devrait, pour ainsi dire, sucer avec le lait les devoirs et les obligations d'épouse et de mère. Son éducation devrait donc s'étendre en quatre points : le premier devrait comprendre les alimens; une petite demoiselle ne devrait goûter de crême et autres friandises que lorsqu'elle saurait les faire elle-même : le second point serait pour les vêtemens ; une fille apprend de bonne heure à tenir l'aiguille, à habiller sa poupée ; mais il ne s'agit pas qu'elle sache faire une robe, il faut aussi qu'elle puisse tailler un habit pour son poupard, afin qu'étant mariée elle sache en faire un pour son mari. Les troisième et quatrième points s'étendraient sur les agrémens et la philosophie. Par agrémens nous entendons l'écriture, la grammaire, un peu d'arithmétique, de danse, de musique et de dessin ; et par philosophie, la connaissance du cœur humain et la pratique de toutes les vertus [1]. Toute autre philosophie est inadmissible et n'est bonne qu'à dormir dans des fauteuils académiques. Il ne manque pas sur terre de soi-disant philosophes, mais la meilleure philosophie est celle que l'on trouve dans la tête et dans le cœur d'une bonne femme de ménage. « Jamais, dit Rousseau, toute la morale d'un pédagogue ne vaudra le bavardage affectueux et tendre d'une femme sensée pour qui l'on a de l'attachement. »

[1] Il est impossible, même au plus sage, de pratiquer toutes les vertus ; mais il peut avoir l'amour de toutes.

Et de nos jours en reste le plus beau,
Puisqu'il survit au-delà du tombeau.

Doux souris, tendre prévenance,
Petits jeux, regards inquiets,
Noms chéris, baisers d'innocence,
Grands soucis et nobles souhaits, *bis.*
D'une mère, ah! voilà les traits! *ter.*

SOUVENIRS D'UN MAHOMÉTAN.

Il fut un temps, Madame, où, les yeux pleins de larmes,
Tombant à vos genoux, je vous rendais les armes,
Et croyais, en palpant vos beaux seins de houris,
Avoir de Mahomet gagné le paradis...
Mais, hélas! aujourd'hui la nature est sans force,
Le tube de l'Amour pour moi n'a plus d'amorce,
Et vos charmes, enfin, où régnaient les plaisirs,
N'offrent plus à mes yeux que de doux souvenirs.

LA FOURMI,

OU L'UNION.

Air du Serment.

Français, enfans de la Victoire,
Volons à l'immortalité;
Gagnons le Temple de Mémoire,
Sur l'aile de l'Humanité.
Ne formons qu'un corps et qu'une âme, *bis.*
Et ne nous séparons jamais.
Que l'honneur toujours nous enflamme;
Aimons, aimons la justice et la paix. *bis.*

Mars, aux yeux de l'Europe armée,
Nous nomma les plus belliqueux!
Maintenant, que la Renommée
Nous cite les plus vertueux!
Ne formons, etc.

Sans expulser le vrai génie,
Sans dénigrer aucun savant,
Préférons toujours l'harmonie
Et l'honneur avant le talent.
  Ne formons, etc.

Qu'importe une démocratie* ?
Qu'importent des mots impuissans?...
Vivons en aristocratie,
Comme un père avec ses enfans.
  Ne formons, etc.

Plantons jusqu'aux royaumes sombres
L'étendard de l'égalité ;
Devant lui les illustres ombres
S'inclineront avec fierté.
  Ne formons, etc.

A notre intéressante histoire
Chaque jour joignons un feuillet,
Et que notre almanach de gloire
Commence au vingt-sept de juillet.
  Ne formons, etc.

Germains, Russes, Mahométistes,
Anglais, Arabes, *et cætera*,

* Pour une démocratie, il faut un peuple-Dieu, dit Rousseau.

De nos amis enflez les listes,
Et la Sagesse entonnera :
Ne formons, etc.

Heureux, alors sur notre sphère
Élevons un temple aux vertus * ;
Là, tous, en narguant la misère,
Chantons en exilant Plutus :
Nous n'avons qu'un corps et qu'une âme, *bis.*
Nous ne nous brouillerons jamais;
L'honneur en tout temps nous enflamme :
Voilà, voilà comme sont les Français,
Vivant, vivant toujours en bons Français.

* Il y a dans tous les pays des cachots pour le crime et pour soi-disant tel : cela sans doute est bien ; mais il n'existe pas sur la terre une simple bicoque pour abriter la vertu. Ames sensibles et généreuses, oh ! je conçois alors pourquoi votre espoir est dans l'autre vie.

Les Saisons.

Air du Portrait d'Ismène.

Printemps, que ton aspect est doux !
J'aime à contempler ta figure :
Ton air seul brise les verroux,
Tes pas réveillent la nature...
Flore est jalouse de tes dons.
Les hôtes ailés des bocages
Te présentent dans leurs chansons
Leurs vœux ainsi que leurs hommages.

D'un port noble et majestueux,
Dirigeant la grêle et la foudre,
L'Été, fier et impétueux,
Menace de réduire en poudre
Quiconque oserait sans raison
Douter un jour de sa puissance !
Le redoutant à la moisson,
Cérès implore sa clémence.

L'Automne est rempli de bonté,
Chacun sourit à sa présence;
C'est le dieu de l'humanité,
C'est aussi celui d'abondance.
Pomone lui doit ses trésors,
Et Bacchus ses grappes vermeilles;
Crésus emplit ses coffres-forts,
Le buveur vide ses bouteilles.

L'Hiver est décrépit et lent:
Adieu, zéphyrs, fleurs et verdure!
Tout disparaît en le voyant,
Sans égard à sa chevelure:
L'onde s'enfuit sous les glaçons,
Et le berger à sa chaumière,
L'Amour à côté des tisons*;
Enfin, chacun à sa manière.

* Ce vers n'est pas de moi.

L'Heureux.

De mon humeur et de mon caractère
Tâchons ici d'esquisser le portrait,
En permettant à la critique amère
De décocher jusqu'à son dernier trait...
Invulnérable à ce qu'elle me lance,
Dès que ma muse affirme de son mieux
Et mon amour et ma reconnaissance,
Je suis heureux!

J'aime à rêver au bord d'une onde pure,
Et m'attendrir au doux bruit du ruisseau,
Tout en créant, sur un lit de verdure,
Une romance au fond de mon cerveau.
Des citoyens des airs et des bocages
J'aime écouter les chants mélodieux;
Interprétant leur amoureux langage,
Je suis heureux!

Lorsque ma vue, au sommet des montagnes*,
Plane à travers les plaines, les vallons;

* « Sur les hautes montagnes, l'air est pur et subtil; on se sent plus de facilité dans la respiration, plus de légèreté dans le corps,

Lorsqu'au milieu de nos vertes campagnes
Je cherche en vain la trace des sillons,
J'élève alors mon âme solitaire
Au Créateur de la terre et des cieux;
Trouvant en lui les vertus d'un bon père,
Je suis heureux!

A ces banquets où l'amitié préside,
Où la gaîté règne dans tous les cœurs,
A mes côtés, quand la beauté réside
Et me ravit par des sons enchanteurs;
Puis, qu'au dessert on remplisse mon verre
D'un franc nectar de Champagne mousseux,
D'un Chambertin, d'un Chablis, d'un Madère...
Je suis heureux!

Sans irriter l'orgueilleuse arrogance
A l'œil hagard, au teint blême et fané,

plus de sérénité dans l'esprit; les plaisirs y sont moins ardens, les passions plus modérées, les méditations y prennent je ne sais quel caractère grand et sublime, proportionné aux objets qui nous frappent, je ne sais quelle volupté tranquille qui n'a rien d'âcre et de sensuel; il semble qu'en s'élevant au-dessus du séjour des hommes, on y laisse tous les sentimens bas, et qu'à mesure qu'on approche des régions éthérées, l'âme contracte quelque chose de leur inaltérable pureté. Je doute qu'aucune agitation violente, aucune maladie de vapeur pût tenir contre un pareil séjour prolongé, et je suis surpris que des bains de l'air salutaire et bienfaisant des montagnes ne soient pas un des grands remèdes de la médecine et de la morale. »

(J.-J. Rousseau, *Héloïse.*)

Fermant la bouche à la douce éloquence,
Et l'immolant à son dieu profané;
Narguant ses lois, dédaignant sa colère,
Tenant en main un écrivain fameux
Tel qu'un Rousseau, La Fontaine ou Voltaire,
Je suis heureux!

Lorsque l'Estime unie à la Tendresse
Avec plaisir s'offrent devant mes yeux
Sous les attraits de certaine maîtresse
Au doux regard, au souris gracieux,
Alors l'Amour avec la Sympathie
De leur flambeau nous embrasent tous deux;
En écoutant le cœur de mon amie,
Je suis heureux!

Près des auteurs de ma frêle existence,
Je vois en paix s'écouler mes beaux jours;
Par leurs vertus et leur persévérance,
Ils m'ont appris à les chérir toujours:
En vain les maux, les chagrins, la misère,
De temps en temps osent frapper mes yeux;
Entre les bras de ma sensible mère,
Je suis heureux!

LE PRISONNIER.

AIR : Dans ma cabane où je suis roi.

J'habite un lugubre réduit,
  Dans un bruyant asile
Où plus d'un perclus fait du bruit
  Et le jour et la nuit.
  Comme un vase d'argile,
  Ma santé trop fragile
Se fêle, hélas ! à tous momens,
  Aux cahots des tourmens.

Sous un plafond noir et voûté
  Couvrant obscure enceinte,
Je vois s'envoler ma gaîté
  Avec ma liberté :
  La gêne et la contrainte
  Dont mon âme est atteinte,
Font croître à chaque instant mes vœux,
  Et tomber mes cheveux.

Toi, né pour sentir l'amitié,
Qui portes un cœur tendre,
A mes soupirs sois initié,
Viens joindre ta moitié,
Tu ne peux t'en défendre :
Si tu sais me comprendre,
Je bénirai soir et matin
L'auteur de mon destin.

A une Marguerite.

Comme la violette on voit des marguerites
Oublier leurs attraits et cacher leurs mérites
Loin des profanes yeux, loin des profanes doigts,
Parmi les fleurs des champs ou sous l'ombre des bois.
Vous qui leur ressemblez, excusez notre offense;
On n'est jamais coupable au sein de l'ignorance :
L'aveugle, en tâtonnant, ne connaît son chemin
Qu'ayant été longtemps dirigé par la main.

A MON AMI.

Ecrit sur le lit funèbre de l'auteur de mes jours.

Oui, j'ai vu tour à tour enlever à mes yeux
Ce que mon cœur aimait et respectait le mieux :
Un père vénérable, une mère chérie,
Pour l'homme vertueux, sont plus que la patrie !
Quiconque insulterait à cette vérité,
Ignorerait encor la douce intimité !
Au sortir du néant, sur le sein de sa mère,
L'enfant apprend déjà l'art d'aimer et de plaire * !...
Et plus tard, sous les yeux d'un père en cheveux blancs,
L'humanité préside à ses jeux innocens.
O vous, mânes sacrés ! aux champs de l'Élysée
Entendez mes soupirs, lisez dans ma pensée.
Comme à ces doux instans de gaîté, de bonheur,
Où vos cœurs recevaient l'hommage de mon cœur,

* « Heureux l'enfant qui meurt au berceau ! il n'a connu que les baisers et les souris d'une mère. » (CHATEAUBRIAND.)

Enlacé de vos bras, arrosé de vos larmes,
Je dissipais vos maux, j'écartais vos alarmes;
Et, narguant la misère, à vos regards surpris,
De l'amour filial je remportais le prix.
Que j'étais orgueilleux! En me faisant connaître,
Vous ne rougissiez point de m'avoir donné l'être...
Hélas! de ces plaisirs le charme est envolé;
Désormais, ici-bas, je me trouve exilé...
Exilé!... qu'ai-je dit? Quand l'amitié m'écoute,
Est-ce à moi de gémir et d'oser mettre en doute
Qu'aucun cœur à mon cœur ne peut servir d'écho;
Quand ma voix en tous lieux peut appeler T.....!
T....., de mes soupirs le fidèle interprète;
A soulager mes maux sa main fut toujours prête.
Au sein de la douleur, au sein de la gaîté,
Je te rencontre, ami, sans cesse à mon côté.
Quand mes yeux sont blessés par ces tourbes vulgaires
De cafards, de rapins, de traîtres mercenaires,
Esclaves soudoyés par des maîtres fripons...
Je vole à ton foyer oublier ces larrons :
Là, d'un siècle écoulé pesant la flatterie,
En nous serrant la main, chacun de nous s'écrie :
« A la cour d'un monarque indolent ou guerrier,
« L'honnête homme est exclus ou périt le premier;
« Mais au simple réduit d'un ami débonnaire
« Il est toujours admis, et toujours il sait plaire;
« Son humeur, ses défauts, ses avis déplacés,
« Par ses nobles vertus enfin sont effacés! »
Viens donc, ô mon ami! viens gémir en silence,

Ou plutôt viens ouïr la voix de l'espérance
Qui nous crie avec force autant qu'avec bonté :
« Que la mort nous enfante à l'immortalité... »
C'est ainsi que Roucher exhala sa pensée,
Lorsque, de l'échafaud, il gagna l'Élysée !
En vain des décemvirs le glaive sanguinaire
A devancé la Parque à son lit funéraire ;
De son âme immortelle il reste un souvenir,
Et son nom révéré ne doit jamais périr.
Qu'il est doux d'arriver au Temple de Mémoire,
Escorté des vertus et rayonnant de gloire !
On bénit ses tyrans, on prie encor pour eux,
Sitôt qu'on est admis à la table des dieux.

Un Hanneton.

Dans mes songes souvent imposteurs, éphémères,
Je suis législateur au pays des chimères ;
Chez un peuple inconnu j'ose élever la voix,
Pour bannir ses tyrans et lui dicter des lois.
Gonflé de mon savoir, le cœur rempli d'audace,
A chaque individu je désigne sa place :
Celui-ci, dans un temple, aux pieds des saints autels,
Servira de modèle aux vulgaires mortels.
On ne le verra point, au maintien hypocrite,
Encensant la sottise, immoler le mérite,
Et vendre, au poids de l'or, une absolution
Que brigue assez souvent la superstition...
Mais d'un homme sensé gardant le caractère,
Il sera tour à tour bon époux et bon père*;

* « Imposer le célibat à un corps aussi nombreux que le clergé de l'Église romaine, ce n'est pas tant lui défendre de n'avoir point de femmes que lui ordonner de se contenter de celles d'autrui ; je suis surpris que, dans tous pays où les bonnes mœurs sont encore en estime, les lois et les magistrats tolèrent un vœu si scandaleux. » (ROUSSEAU, *Nouvelle Héloïse*, 4e part.)

Enseignant la sagesse, exécutant ses lois,
Ses vertus parleront, au défaut de sa voix;
Alors tous ses enfans, instruits à son école,
Adoreront un Dieu, mais un Dieu qui console,
Créateur de l'Arabe autant que du Chrétien;
En un mot, le vrai Dieu de tout homme de bien.
A l'instant j'entrevois, au milieu des ténèbres,
Un convoi que guidaient quelques flambeaux funèbres.
Un foule éperdue, en longs habits de deuil,
Escorte avec honneur un mortel au cercueil...
A leurs yeux attendris, à leur morne silence,
Je devine leur perte et leur reconnaissance.
Était-ce un philosophe, un prince, un conquérant,
Un sublime génie, un illustre artisan?
— Non; c'était une mère estimable et chérie,
C'est le premier bonheur, la première patrie,
A tout être sensible, aimant, religieux,
A qui la Parque, hélas! vient de fermer les yeux.
Au moins, dans ce climat inconnu sur la terre,
La sagesse est toujours le trésor qu'on révère.
L'honnête homme est partout admis et respecté;
Il peut, sur sa conscience, agir en liberté *.
Aux devoirs des humains quand son âme est instruite,
Pourquoi le contraindrais-je à changer de conduite?
Le roi de l'univers est un Dieu de bonté;

* « Jésus-Christ n'a pas dit : Mon sang lavera celui-ci et non celui-là ; il est mort pour le Juif et le Gentil, et il n'a vu dans tous les hommes que des frères et des infortunés. »
(CHATEAUBRIAND, *Atala*.)

Or, sa religion est donc l'humanité.
Parfois, me figurant un docte en politique,
Je transforme un empire en vaste république;
Ignorant qu'en tous lieux l'ambition, l'orgueil
De la démocratie en sont toujours l'écueil.
J'en fis avec chagrin la triste expérience;
Mais, pour en arracher le germe en sa naissance,
Je fis autour de moi rassembler tout l'État.
Depuis le fier consul jusqu'au simple soldat,
Debout, au milieu d'eux, d'une voix attendrie,
Je leur tins ce discours, songeant à ma patrie :
« Puisqu'il vous faut un roi, fameux républicains,
« Pour adoucir vos mœurs et changer vos destins,
« Choisissez votre maître, autant qu'il est possible,
« Parmi tous vos héros cherchez le plus sensible!
« Nommez-le votre père, et soyez ses enfans;
« Ces titres sont plus beaux que ceux de conquérans.
« Ces fiers dévastateurs de la nature entière,
« Qui font de l'univers un vaste cimetière,
« Surnommés, par la peur, d'illustres et de grands,
« Aux yeux de la raison ne sont que des brigands.
« Sachez donc qu'un bon roi, guidé par la prudence,
« Maintient en ses États la paix et l'abondance,
« Et donne à ses sujets, que dis-je? à ses enfans
« L'exemple des vertus ainsi que des talens!
« Qu'il pense en philosophe et se conduit en sage!
« A ces traits, d'un bon roi reconnaissez l'image... »
Chacun à ce discours parut émerveillé;
Partageant leur bonheur, je me suis éveillé.

Réflexions sur l'Histoire.

Chaque historien à sa manière
Écrivit l'histoire singulière
D'un fou, d'un sage et d'un luron,
Sous le nom de Napoléon.
Celui-ci le peint débonnaire,
Cet autre en a fait un Tibère;
Ici je le trouve un Lapon,
Et là je le vois Patagon.
Ensemble ils ont raison, peut-être;
Mais, pour juger un pareil être,
Il faut attendre que le temps
Nous déroule au moins quarante ans.
Alors, mettant en évidence
Le pour et le contre en balance,
Nos neveux, judicieusement,
Le jugeront bon ou méchant.

Il n'appartient pas à un esprit vulgaire de juger la conduite d'un grand homme, et moins encore de sonder sa pensée : aussi tous ces petits rimeurs et prosateurs, se mêlant d'écrire sur tel et tel grand personnage, ressemblent à ces chiens de bonne guette qui jappent au moindre bruit qu'ils entendent, sans en connaître davantage.

L'ALBUM

D'UN PÈLERÌN.

A mes Amis.

JADIS, dans un désert, un pauvre pèlerin
Harassé de fatigue, accablé de chagrin,
Avant de succomber à sa mélancolie,
Laissa sur son album ce râle de folie :
« Non, pour moi sur la terre il n'est pas de bonheur,
« Je le vois à ma couche, et le sens à mon cœur;
« Nul mortel, à mon gré, ne saurait me comprendre,
« Et dans tout l'univers je suis seul à m'entendre...
« Dans les champs, dans les bois, au milieu des cités,
« Partout s'offre le vide à mes yeux attristés...
« Cependant ici-bas existe une harmonie !
« Et le plus misanthrope habite en compagnie ;
« Le chantre ailé des champs, l'habitant des marais,
« L'orgueilleux citadin et l'hôte des forêts

« Rencontrent leur moitié, s'unissent avec elle;
« Au lien conjugal plus d'un même est fidèle.
« Hélas! moi, j'ai cherché, pendant plus de vingt ans,
« Une âme pour mon âme, un écho pour mes chants;
« Je n'ai rien entendu... rien ne s'est fait connaître...
« Mais au céleste Eden j'en trouverai peut-être;
« J'atteins la quarantaine, et déjà mon printemps
« Abandonne sa place à l'hiver de mes ans.
« Le sang volcanisé qui courait dans mes veines
« Paraît anéanti sous le poids de mes peines.
« Depuis longtemps mon chef s'est couvert de frimas;
« Ma tombe, à chaque instant, s'entr'ouvre sous mes pas:
« Sans effroi, sans regrets je voudrais y descendre,
« Et que l'humanité puisse y bénir ma cendre.
« En dépit de Plutus j'ai fait quelques heureux.
« Que n'aurais-je pas fait s'il eût comblé mes vœux *?
« M'exilant des mortels, j'aurais fui leurs caprices;
« De me rapprocher d'eux j'aurais fait mes délices!
« Le mensonge à ma voix se serait envolé;
« Avec moi le chagrin se serait consolé...
« Même, ayant terminé ma brillante carrière,
« La famine aurait fui, contemplant ma poussière.
« Non loin de mon village, au sommet d'un coteau,
« Sous des ceps enrichis eût été mon tombeau.
« Dessus, pour épitaphe, une table garnie
« De mets frugals et sains aurait tracé ma vie

* On dirait qu'il n'y a que les noirs complots des méchans qui réussissent; les projets innocens des bons n'ont presque jamais d'accomplissement. (J.-J. Rousseau, *Conf.*).

« Aux nobles indigens, aux pauvres voyageurs,
« Avides de jouir et de verser des pleurs...
« Qui donc n'aurait osé, dans un brûlant délire,
« Au banquet de la mort, manger, pleurer, sourire ?
« Qui n'aurait souhaité, dans la belle saison,
« Un instant avec moi se mettre à l'unisson ?
« Incliné sur ma tombe, écoutant Philomèle,
« Peut-être il eût chanté, soupiré tout comme elle ;
« Et peut-être à sa voix les échos d'alentour
« Auraient redit : Humains, approchez tour à tour. »
Ressemblant à ces flots qui, d'après un orage,
Ramènent sur le bord les débris d'un naufrage...
De même un fort séchard * apporta jusqu'à moi
L'Album du Pèlerin avec son doux émoi.

* Le séchard est le vent des tempêtes qui se fait sentir parfois sur les lacs et les hautes montagnes de l'Helvétie.

A SOPHIE.

S ur le sein maternel tu déposas la vie,
O mbre angélique ! Eh bien, ta mort me fait envie !
P our toi, tout fut bonheur ! pour toi, tout fnt amour !
H eureuse au sein des nuits, heureuse avec le jour,
I l ne te manquait rien... Plus tard... tu pouvais être
E n proie à la douleur, et l'esclave d'un maître.

La Membreyenne.

Air de la Marseillaise.

Allons, enfans de la nature,
Gagnons de la célébrité,
En greffant sur chaque bouture
Le nectar de l'humanité. *bis.*
Parcourant les bois, les bocages,
Écoutant le chant des oiseaux...
Tâchons d'accorder nos pipeaux,
Que leurs sons enfantent des sages!
En place, mes amis,
Entonnons nos chansons;
Chantons, chantons...
Et que les loups deviennent des moutons.

Le matin, admirant l'aurore
S'enfuyant à l'aspect du jour...
De Zéphyr, de Vertumne et Flore,
Recueillons les baisers d'amour. *bis.*

Subjugués par la sympathie,
Osons goûter la volupté,
Savourons la félicité
Entre les bras de notre amie.
En place, etc.

En admirant ces mosaïques*
Que l'on retrouva par nos mains;
Quand des souvenirs héroïques
A nos yeux montrent les Romains; *bis.*
S'il se peut surpassons leur gloire,
Et qu'un jour nos derniers neveux
Puissent, en exauçant nos vœux,
Orner le Temple de Mémoire.
En place, etc.

Debout, au sommet des montagnes**,
Interrogeons tout l'univers...
Sondons nos fertiles campagnes,
Et planons au-dessus des airs. *bi*
A nos regards que tout prospère,
Le néant... et l'éternité;
Qu'un Dieu clément et de bonté
Nous admette en son sanctuaire!...
En place, etc.

* On vient de découvrir des mosaïques de toute beauté dans les bois de Membrey (Haute-Saône); nul doute que leur origine date des anciens Romains.

** Sur les hautes montagnes, l'air est pur et subtil.

Le soir, au sein d'une prairie,
Embaumés en foulant des fleurs...
Promenant notre rêverie,
Ah! laissons échapper nos pleurs! *bis.*
Ensuite, au comble de l'ivresse,
Arrêtons nos pas égarés;
Puis, par des accords épurés,
Au champ répandons l'allégresse.
En place, etc.

Apercevant grossir l'orage,
Entrons au plus prochain réduit;
Là, montrons sur notre visage
Ce bonheur qui charme et séduit. *bis.*
En nous voyant, que la vieillesse
Nous ouvre ses bras affaiblis...
Et qu'à nos yeux ses petits-fils
Lui donnent le prix de sagesse!
En place, etc.

L'hiver, près nos foyers rustiques,
Sachons employer nos instans;
Tressons des couronnes civiques
Pour en orner nos cheveux blancs. *bis.*
Lisons et commentons sans cesse
Rousseau, Socrate et Fénélon!!!
Que leur sainte religion
Tout près d'eux nous fixe au Permesse.
En place, mes amis, etc. (*Au refrain.*)

LE HIBOU,

OU LES *SI*.

Abandonné du printemps de la vie
Sans en avoir hérité d'une fleur,
A rendre heureux je bornais mon envie,
Et ne connais encor que la douleur;
Brûlant d'amour, affamé de caresse,
Tel est mon sort... malgré mes blancs cheveux;
Si c'est le vôtre... alors avec ivresse
Vivons nous deux.

Si vous aimez les devoirs du ménage,
Et les ranger parmi vos agrémens;
Si vous savez joindre à cet avantage
L'art culinaire à tous vos alimens;
Sur nos habits, si la coquetterie
Aime exercer vos doigts ingénieux
Et nous parer de votre broderie...
Vivons nous deux.

Si vous aimez écouter au village
Le chant du coq saluant ses houris;
Si vous aimez cueillir sous le feuillage
Dons de Pomone au sein des jeux, des ris;
Si vous aimez vous livrer à l'étude,
Et vous soustraire à de profanes yeux,
En préférant aimable solitude...
Vivons nous deux.

Si vous aimez errer dans la prairie
Comme une abeille erre au milieu des champs,
Et vous livrer à votre rêverie
Près du ruisseau célébré dans vos chants;
Si vous aimez qu'une plume fidèle,
D'un tendre amour ose esquisser vos feux...
Pour lui plumer au moins le bout d'une aile,
Vivons nous deux.

Lorsqu'à vos yeux Flore est jeune et jolie,
Ou se défait de ses riches couleurs...
Si la gaîté, si la mélancolie
Vous fait sourire et répandre des pleurs...
Si vous aimez analyser la terre,
Et qui plus est interroger les cieux...
Si la nature, enfin, est votre mère,
Vivons nous deux *.

* C'est surtout dans la solitude qu'on sent l'avantage de vivre avec quelqu'un qui sait penser.

LE BRAILLARD.

Air des Bacchanales.

Élèves des neuf Jumelles,
Prophètes de la raison,
Mêlez vos voix immortelles,
Et chantez à l'unisson.
Qu'à vos chants patriotiques
Croissent les palmes civiques
Aux rivages musulmans;
Et du Tibre et du Nil réveillez les enfans. *bis.*
Puis en France,
En cadence,
Mariant nos tons,
Au temple de l'abondance,
Chantons (*bis*), tous ensemble chantons. *ter.*

Disciples du vieux Sylène,
Favoris de la Gaîté,
D'une vigoureuse haleine
Louez votre Déité;

Comme Ariane et Lucinde,
Fêtez le vainqueur de l'Inde,
Sous la treille ou sur des bancs;
Du vieil Anacréon imitez les penchans. *bis.*
D'ambroisie,
Malvoisie,
Comblez nos flacons;
Les vidant jusqu'à la lie,
Chantons (*bis*), etc.

De Vertumne et de Pomone,
Nobles régénérateurs,
Qui du printemps, de l'automne,
Récoltez les fruits, les fleurs;
A vos humbles métairies,
Ou sur l'herbe des prairies,
A la fin de vos travaux,
Des bergers d'Arcadie offrez-nous les rivaux. *bis.*
De génie,
D'harmonie,
Ornez vos chansons:
Excusant notre manie...
Chantons (*bis*), etc.

Beaux citoyens de Cythère,
Esclaves du tendre amour,
Entre les bras de sa mère,
Passez la nuit et le jour;
Sur un lit jonché de roses

Et tout fraîchement écloses,
Enchaînez la volupté :
Que les ris, les plaisirs caressent la beauté. *bis.*
La tendresse,
L'allégresse,
Les baisers mignons
Doivent répéter sans cesse :
Chantons (*bis*), etc.

Nous, que l'amitié rassemble
A ce modeste foyer,
Du maître, que vous en semble?
Il sait nous édifier.
Assis autour de sa table,
Trouvant son vin délectable
Et ses ragoûts succulens,
Quand sa philosophie exerce au moins nos dents; *bis.*
Que Minerve,
De sa verve,
Déridant nos fronts,
Nous inspire sans réserve;
Chantons (*bis*), tous ensemble chantons. *ter.*

La Liliputienne,

OU L'ÉGALITÉ.

AIR : Depuis longtemps, gentille Annette.

Depuis longtemps notre patrie
Ne connaît plus de barbarie,
Grâce à nos constitutions,
Jamais de révolutions !
Tout est consolant dans nos villes,
Érudits, sages, imbéciles,
Sont tous égaux. *bis.*
Admirons donc, âmes sensibles,
Nos lois si douces, si paisibles;
Chantons, chantons, narguant les délateurs :
Honneur, honneur à nos législateurs !

Le clergé, la magistrature,
La noblesse avec la roture
Savent se respecter entre eux,
Et tour à tour combler leurs vœux.
Les uns jurent par l'opulence,
Et les autres par l'indigence
Qu'ils sont égaux. *bis.*
Admirons donc, etc.

Les homicides, les corsaires,
De nos éloquens sont les frères;
Or, loin de les juger à mort,
Plus d'un veut partager leur sort.
Prouvant dans leur chaire ou tribune,
Aux yeux de la mère commune,
    Qu'ils sont égaux. *bis.*
Admirons donc, etc.

Osant exhaler sa tendresse
Dans la liberté de la presse,
Plus d'un écrivain, par métier,
Noircit à son gré le papier;
Sous sa docte plume vénale,
Vice, vertu, constant, banale...
    Sont tous égaux. *bis.*
Admirons donc, etc.

A bas donc l'aristocratie,
Mais vive la démocratie!
On se tutoie en chant joyeux,
Et décapite à qui mieux mieux...
Enfin, après notre carrière,
La mort mêlant notre poussière,
    Nous laisse égaux *. *bis.*
Admirons donc, âmes sensibles, etc. (*Au refr.*)

* Pour s'assurer des faits, consulter les annales de l'Amérique, sans oublier celles de France depuis 1793.

LES INVALIDES.

Air : J'ai vu partout, dans mes voyages.

Non loin des rives de la Seine,
Saluons d'accens généreux
Ce rival de Rome et d'Athène,
Cet asile ouvert à nos preux !
Là, plus d'un fils de la Victoire
Repose en paix sur ses lauriers...
Et l'honneur même a son histoire
Inscrite au front de ces guerriers.

Dans son enceinte, la prudence
De l'équité maintient les lois,
Et dans ses coffres, l'abondance
Met la pénurie aux abois...
Si le courage ou la vieillesse
Sont alités par les douleurs,
A leur lit on voit la sagesse
Exercer les mains de ses sœurs !

Enfin aux martyrs de Bellone,
La valeur a fixé sa cour,
Ainsi qu'autour de la colonne,
Le dieu Mars y fait son séjour...
Même on dit que les neuf Jumelles,
Parfois à l'insu d'Apollon,
Daignent lancer des étincelles
Du feu de leur sacré vallon.

Mais un aussi vaste édifice,
Sans doute a son mauvais côté;
Peut-être y voit-on plus d'un vice
Enfanté par l'oisiveté...
Qu'importe une goutte de lie
Lorsqu'on a le contre-poison?
Peut-on redouter la folie
Entre les bras de la raison * ?

* Si par hasard il y avait quelqu'un qui trouvât ce dernier couplet un peu trop caustique, on le prierait de lire avec attention lord Byron, dans la première partie de son *Childe-Harold* commençant ainsi : « C'est assez parler des favoris de Mars, etc. »

La Vision.

Les peines, les soucis sont établis chez nous;
Je ne puis faire un pas sans les rencontrer tous.
Les soupirs, les douleurs gémissent dès l'aurore;
Au coucher du soleil je les entends encore,
Et pour cesser enfin tous ces lugubres chants,
Les nuits je suis souvent bercé par leurs accens.
Mais, au milieu d'un bois ou d'un champ solitaire,
Je vois fuir le chagrin, je vois fuir la misère.
Tout s'offre à mes regards sous des traits enchanteurs;
Écoutant les oiseaux, ou cueillant quelques fleurs,
Certes, la solitude est pour moi ravissante;
Son air silencieux me ravit et m'enchante.
Assis au pied d'un saule, au bord d'un clair ruisseau,
Mes soupirs se mêlent au murmure de l'eau;
A l'abri de l'intrigue, et loin de l'imposture,
Je rêve en liberté sur un lit de verdure.
J'assemble autour de moi ce qui m'est précieux :
Mes parens, mes amis s'offrent donc à mes yeux.
Et vous, être idéal, douce et sensible amie *!

* *Nouvelle Héloïse.*

C'est ici qu'en secret vous prolongez ma vie;
Car peut-être sans vous je n'existerais plus *.
Pour me plaire en ce monde il fallait vos vertus!
Non loin de ce bocage on trouve ma chaumière;
C'est là qu'en parcourant ma pénible carrière,
Au sein de l'amitié, dans les bras de l'amour,
Je me crois un élu du céleste séjour.

SOUVENIR.

Le trois décembre, une voix en furie
Navrait mon cœur de son lugubre chant;
Minuit sonnait... quand ma tendre Marie
Vint expirer sur mon sein palpitant.

Le trois décembre, ô Parque inexorable!
Tu m'as ravi la plus belle des fleurs!
A mes regards elle était vénérable!...
Et maintenant je l'arrose de pleurs.

Le trois décembre, un ami débonnaire,
Ici, peut-être, un instant songera
Qu'il est heureux de posséder sa mère!
Et sur mon sort alors s'attendrira.

* Chaque fois que tu seras tenté de quitter la vie, dis en toi-même : « Que je fasse encore une bonne action avant que de mourir ! » Puis va chercher quelque indigent à secourir, quelque infortuné à consoler, quelque opprimé à défendre. Si cette considération ne te retient pas, meurs! tu n'es qu'un méchant!...
(J.-J. Rousseau, *Nouv. Héloïse.*)

LA RECOMMANDATION.

Air à faire.

Aux yeux de mon aimable amie,
Ma Muse, il faut vous signaler;
Il faut, de mon faible génie,
Plaider la cause et la gagner.
En vous seule est notre espérance :
    Ah! par pitié!
Accordez-nous par indulgence
    Votre amitié.

D'abord, admise en sa présence,
Sans flatterie expliquez-vous :
Que votre sensible éloquence
La persuade au moins de nous;
En lui peignant avec noblesse
    Et dignité
Que nous implorons sa tendresse
    Et sa bonté.

Entre ses mains, soyez facile,
Laissez-vous tourner, retourner;
A tous ses vœux soyez docile,
Laissez-vous même emprisonner:
Enfin, à son moindre caprice
Applaudissez;
Dès qu'elle exige un sacrifice,
Obéissez.

Mais si le destin plus prospère,
A sa bouche vous élevait!
Ou sous une gaze légère,
Son cœur aimant vous caressait...
Alors, d'une flamme divine
Embrasez-la!
Le reste... aisément se devine;
L'Amour est là!

A LA JEUNE MELPOMÈNE.

R égner à dix-sept ans au Théâtre-Français,
A l'instar de Corneille et du dieu d'harmonie *,
C 'est être Melpomène, ou du moins son génie!
H onneur et gloire à toi, noble fille des cieux!
E n talens, en vertus, croîs sans cesse à nos yeux;
L a Renommée, au Pinde enverra tes succès.

* Racine.

L'Erreur.

AIR : Ah ! j'ai perdu ma tourterelle.

La patrie est une chimère,
Ou peu s'en faut, à mon avis ;
Ceci, sans doute, est téméraire,
Mais écoutez-moi, mes amis :
L'or, la force et la fourberie
Sont les dieux de tous les pays.
Ah ! s'il existe une patrie, } *bis.*
Elle est où nous sommes chéris. }

L'honnête homme, hélas ! sur la terre,
Est souvent exilé... proscrit...
Son âme est partout étrangère,
Et sa pensée a peu d'esprit...
Trop heureux, dans sa métairie,
D'apprendre à ses enfans contrits
Que s'il existe une patrie,
Elle est où nous sommes chéris.

Chacun prétend à sa manière
Aimer et servir son pays :
L'un en lisant son bréviaire,
Cet autre en chassant... des perdrix ;
Celui-ci, par sa barbarie ;
Un autre, avec ses plats écrits.
Ah ! s'il existe une patrie,
Elle est où nous sommes chéris.

Vous qui de Mars et de Bellone
Imitez les brillans travaux,
Sourds au bruit du bronze qui tonne,
On vous voit mourir en héros !
Entre les bras d'une furie,
Parfois vous laissez vos débris.
Ah ! s'il existe une patrie,
Elle est où nous sommes chéris.

Brûlant d'amour et de tendresse,
Un fidèle et sensible amant,
Aux pieds de sa belle maîtresse
Implore un soupir attrayant.
Aux bontés de sa douce amie,
Alors il s'écrie attendri :
Ah ! s'il existe une patrie,
Elle est où nous sommes chéris.

Tout ici-bas a son idole ;
Un despote adore Néron,

Un Dandin encense un Barthole ;
Un sage admire un Fénélon !
Aimant avec idolâtrie,
Pour moi je chante ou bien j'écris :
Ah ! s'il existe une patrie,
Elle est où nous sommes chéris.

Toi, qui sur le sein de ta mère
As vu s'écouler ton printemps,
Et plus tard, sous les yeux d'un père,
Essayas les jennes talens ;
Excuse ici ma rêverie,
Entonnant avec tes amis :
Ah ! s'il existe une patrie,
Elle est où nous sommes chéris.

L'Etoilé.

Air : Aussitôt que la lumière.

Si chacun a son étoile
A cette arcade des cieux,
La mienne a sans doute un voile
Qui la dérobe à mes yeux...
Ou c'est un vrai corps sans âme,
Insensible au don d'aimer,
Tout étrangère à la flamme
Dont je me sens consumer.

Une sylphide aérienne,
Une étoile de bonheur
Ne saurait être la mienne
Qu'en s'emparant de mon cœur;
Ma vue errante, immobile,
En fixant le firmament
Sur cette étoile qui file,
Me laisse sans jugement.

Est-ce un prince, est-ce un génie
Descendant au sombre bord,
Ou qu'une monomanie
Entre les bras de la mort?
Et cette autre si brillante
Est-elle au plus vertueux,
A la plus sensible amante,
Au plus vil incestueux?

Répondez-moi sans mystère,
Philosophes demi-dieux!
Devinez-vous sur la terre
La grande énigme des cieux?
Et vous, éloquens oracles,
Ministres du Créateur,
Expliquez-vous ses miracles
En imitant leur auteur?

* Tout le monde connaît cet adage de bonne femme, qu'aussitôt qu'une étoile file, une créature cesse d'exister.

LE SONGE.

La nuit, en songe, un amant éphémère,
Entre deux draps voyageait à Cythère...
Allait, venait de bosquet en bosquet,
Cueillait des fleurs, en faisait un bouquet,
L'offrait ensuite à la beauté divine,
Nommée alors la jeune Alexandrine,
Aux cheveux blonds, à l'air franc et malin,
Au front superbe, au nez presque aquilin...
Aux yeux d'azur, à la bouche de rose,
Qu'un doux sourire à chaque instant dispose;
Bref, possédant encor d'autres appas
Faits pour palper, mais qu'on ne nomme pas!...
Plus d'un lecteur, en pareille aventure,
S'éveillerait enflammé de luxure...
Ou tout au moins avide de jouir,
Croirait encore enchaîner le plaisir.
C'est ce que fit notre amant éphémère,
Qui, tout rempli de sa douce chimère,
Ouvrait les bras, cherchait à son côté
Le beau bijou qui l'avait enchanté!

Mais c'est en vain. A sa débile vue,
Tout s'est enfui ; Cythère est disparue :
Les verts bosquets, les gazons et les fleurs
Sont engloutis et noyés par ses pleurs.
Mais il sentit, sans que sa main y touche,
Qu'il possédait quelque chose à sa bouche...
Pensant au moins que c'étaient des cheveux
Du tendre objet qui couronna ses vœux,
Dans tous ses sens un nouveau feu s'allume,
Et de l'amour il enlève une plume !...
Une plume ! oui, du tendre *traversin*
Que mon *penaut* avait mis sur son sein,
L'ayant pressé comme on presse une amie !...
L'on voit comment la plume était sortie
Et se colla sur ses lèvres de feu.
Plus d'un amant sans doute a fait ce jeu.

LE VANNEUR.

AIR : Je fume.

Légers habitans de Paris,
Posés citoyens des campagnes,
Prodiguez vos baisers, vos ris,
A vos enfans, à vos compagnes.
Moi, privé de ces doux liens,
Quelquefois j'existe en profane...
Mais des banquets tartuffiens...
Je vanne (*ter*).

Qu'un autre cherche, au champ d'honneur,
A vivre au Temple de Mémoire,
Et fasse admirer sa valeur
Sur chaque page de l'histoire...
Moi, comme un illustre poltron...
Je cours au feu... de ma cabane;
Mais quant à celui du canon,
Je vanne (*ter*).

Dans le temple d'un Dieu clément,
Si parfois j'occupe une place,
Je me prosterne sagement,
Et je l'invoque sans grimace...
Mais, lorsque j'entends ces acteurs
En rabat, surplis et soutane,
Damner leurs très-chers auditeurs...
    Je vanne (*ter*).

J'aime à goûter la volupté
Sur les lèvres de la sagesse,
Et recevoir de la beauté
La preuve au moins de sa tendresse ;
Mais en me voyant, par malheur,
Accosté d'une courtisane,
Craignant soudain le mal de... cœur,
    Je vanne (*ter*).

J'accepte sans difficulté
De Bacchus le divin breuvage !
Surtout lorsqu'il m'est présenté
Par l'amitié, par un vrai sage !
Mais lorsqu'un charmant freluquet
M'offre à grand frais de la tisane,
En interrompant son caquet,
    Je vanne (*ter*).

Sous les hochets de la Gaîté,
Sous les grelots de la Folie,

J'aime à trouver l'humanité
Auprès de la mélancolie ;
Mais lorsque méthodiquement
A mes yeux sans cesse on ricane...
Impropre à ce bénignement,
Je vanne (*ter*).

Admis dans un cercle brillant
Où les jeux sont décens, honnêtes,
J'aime entendre un gosier charmant
Applaudir à mes chansonnettes.
Mais si j'aperçois un badin
Placer ma fête à la Sainte-Anne...
Sans riposter à ce malin,
Je vanne (*ter*).

LE CIRON.

Air des Lanciers Polonais.

Sur notre globe, un jour faisant sa ronde,
Certain ciron osait ainsi chanter :
« Tout est parfait sur la terre et sur l'onde,
« A mes amis je prétends l'attester...
« Je vois partout que tout est à sa place,
« Et l'avenir vaudra bien le passé... »
Mais il s'écrie en faisant la grimace :
« Je suis désabusé. »

Dans chaque école une aimable jeunesse
Veut conquérir la palme des vertus,
Et le plus sage a le prix de sagesse
Que lui décerne un Socrate, un Titus !
Comme Aristide il a le nom de Juste...
Par ses rivaux il est même encensé !
De lui j'apprends une action injuste...
Je suis désabusé.

Tous les prélats dédaignent la richesse,
Tous les palais sont vides d'intrigans...
Tous les visirs ignorent la bassesse,
Et tous les deys abhorrent les tyrans :

Plus d'avocats à voix rauque et banale;
Le genre humain en est débarrassé...
Mais qu'aperçois-je? une troupe infernale!
Je suis désabusé.

Non loin des bords arrosés par le Tibre,
Un peuple heureux nargue l'adversité;
Il chante en chœur le bonheur d'être libre:
Tous en commun chantent l'égalité...
Plus de cafards, de fripons, de satrapes;
Plus d'alguazils, car leur règne est usé...
Mais à l'instant ils sortent de leurs trapes;
Je suis désabusé.

Il se disait, satisfait en lui-même:
Avec plaisir je vois combler mes vœux;
J'ai des amis, ma compagne qui m'aime!
Et je me vois presque l'égal des dieux.
Bon pied, bon œil, une santé superbe,
Et de l'esprit... plus que le plus rusé...
Mais une taupe, hélas! l'étend sous l'herbe*...
Il est désabusé.

* « Le mépris que mes profondes méditations m'avaient inspiré pour les mœurs, les maximes et les préjugés de mon siècle, me rendait insensible aux railleries de ceux qui les avaient. »
(J.-J. Rousseau, *Confessions*.)

L'Ecrevisse.

Air du Carnaval.

Du bonnet rouge unique légataire,
Vous qui partout prêchez l'égalité,
Répondez-moi. Le ciel est-il la terre,
La nuit le jour, le méchant la bonté?
A vos regards un fol est-il un sage?
Sur l'avenir jugez-vous le passé?
Tournant le dos, montrez-vous le visage?
Et le vivant est-il un trépassé?

Nous naissons tous sans habit ni perruque,
Couverts de fange au sortir du néant...
Et notre front, ainsi que notre nuque,
Sont loin d'avoir le cachet du talent.
Oui, j'en conviens, rien n'est plus véritable,
A cette époque on est sans doute égaux;
Mais en croissant, la nature est moins stable;
Parmi les mois il n'est qu'un seul Gémeaux.

Chacun de nous diffère en caractère,
Chacun de nous est plus ou moins heureux.

Un Patagon souvent rampe sur terre,
Lorsqu'un pygmée escalade les cieux...
Celui-ci peut, sans mœurs et sans génie,
Être longtemps fêté du genre humain,
Quand celui-là, Socrate en harmonie,
N'a que la coupe au poison sous sa main...

De don Pourceau possédant la manie,
Cet autre va buvant, grognant, dormant...
Mais son trépas fait honorer sa vie
Par l'héritier qui le pleure en chantant...
Et pour tout dire enfin sans artifice,
L'homme à mes yeux se présente en effet
Tantôt en roc, tantôt en précipice,
Qu'il faut chercher ou fuir suivant son fait *.

* Il y a des momens dans la journée que nous ne sommes pas nous-même pour ainsi dire ; d'où vient cela ? Rousseau cherchait à nous en donner les raisons, lorsqu'il dit : « Que d'écarts on sauverait à la raison, que de vices on empêcherait de naître, si l'on savait forcer l'économie animale à favoriser l'ordre moral qu'elle trouble si souvent ! Les climats, les saisons, les sons, les couleurs, l'obscurité, la lumière, les élémens, les alimens, le bruit, le silence, le mouvement, le repos, tout agit sur notre machine et sur notre âme ; par conséquent tout offre mille prises assurées pour gouverner dans leur origine les sentimens dont nous nous laissons dominer. » (*Confessions.*)

TU TE FERAS ARRIVER DE LA PEINE.

Tu l'as voulu, j'ai creusé mon cerveau,
Pour t'obéir, la preuve en est certaine ;
Puisque ma plume ici t'écrit, T.....,
Tu te feras arriver de la peine.

Nous prononçons quelquefois entre nous
Des mots qui n'ont ni rimes ni domaine ;
Et c'est ainsi que tu me dis chez vous,
Tu te feras arriver de la peine.

Etant à table, un pauvre épicurien,
Buvant, mangeant, et frappant sa bedaine,
Disait par P... à qui ne rendait rien...
Tu te feras arriver de la peine.

Plus d'une fille, en caressant l'Amour,
Se sent piquer au moins jusqu'à la veine...
Plus d'une mère ajoute après ce tour :
Tu te feras arriver de la peine.

Combien d'amans, de Paris à Moscou,
De l'hyménée ont tari la fontaine !
Que de coucous répètent au coucou :
Tu te feras arriver de la peine...

Que de visirs et que de puritains
Devraient pleurer comme une Madeleine!
Si leurs remords criaient soirs et matins :
Tu te feras arriver de la peine.

Dans cette étable *... où le petit, le grand
N'apportent rien qu'une éloquence vaine...
Un boucher parle, aussitôt tout comprend :
Tu te feras arriver de la peine.

Du genre humain, qui pèserait l'honneur
Pourrait souvent en gagner la migraine,
En s'écriant transporté de fureur :
Tu te feras arriver de la peine.

Non loin du Louvre, un jour certain fumeur,
De son ami vola la pipe pleine...
L'ami volé n'osa dire au voleur :
Tu te feras arriver de la peine.

Quiconque aima, quiconque sait aimer
Possède une âme ici-bas plus qu'humaine.
Ah! disons-lui, sans le désestimer :
Tu te feras arriver de la peine.

Si l'amitié se trouvait en retard,
A qui mieux mieux courons chez la *vilaine* ;

* On laisse à deviner quelle est cette étable !!!

Mais disons-lui : N'imite pas P.....,
Tu te feras arriver de la peine.

Fabrique enfin un air pour ma chanson,
Et ne va pas dépasser la semaine,
Ou nous pourrions chanter à l'unisson :
Tu te feras arriver de la peine.

ÉPITAPHE.

Ici dort un enfant de la Mélancolie,
Que la Sagesse aimait à guider par la main.
On dit pourtant que la Folie,
Souvent le changeait de chemin.